Petra Fastermann

Schicksalsjahre einer Ananas

Eine Parabel

Herstellung und Verlag:
BoD – Books on Demand, Norderstedt
ISBN 9783749451265

Foto des Buchumschlags: Petra Fastermann
Umschlaggestaltung: Petra Fastermann

Die Ananas: nur eine unter vielen Früchten?

Wer interessiert sich für die Geschichte einer gewöhnlichen Ananas, deren Größenwahnsinn und damit verbundener Aufstieg dadurch begann, dass es ihr zu wenig war, bloß eine Ananas zu sein? „Eine Ananas ist nichts Besonderes", hörte die Ananas oft andere Früchte sprechen und ärgerte sich sehr darüber. Laut zu sagen traute die Ananas sich das nicht. Aber dabei wusste sie von der bekannten Redensart, dass jemand die Goldene Ananas gewonnen habe! Eine Ananas war immer schon ein Statussymbol gewesen! So sehr bedeutend war offenbar das Adelsgeschlecht der Ananas, dass sich der britische König Charles II im 17. Jahrhundert statt mit einer Dame mit der berühmten ersten in England gewachsenen Ananas hatte malen lassen. Und war das etwa nichts, wenn die Goldene Ananas sogar als Preis ausgelobt wurde? „Das ist bestimmt bloß ironisch gemeint", behauptete arrogant eine Erdbeere. „Die Goldene Ananas ist ein Negativpreis!", wagte die Hass-Avocado hämisch grinsend zu sagen. Die Ananas gab vor, nichts gehört zu haben, und schaute schweigend in Richtung der Bananen. „Ich bin außen gelb und innen ganz weich", prahlte eine Banane. „Ich bin innen gelb und außen gemustert", erklärte die Ananas stolz. „Was ist daran schon toll und hebt dich unter den anderen Früchten hervor?", verlangte die Hass-Avocado aggressiv zu wissen. Vor der Hass-Avocado hatten alle Früchte großen Respekt, zumal keiner genau wusste, ob sie zum Obst oder zum Gemüse gehörte. Die Angst einiger Früchte war so stark, dass manche sich versteckten, sobald die Hass-Avocado ihre Stimme erhob. Wenn es gefährlich wurde, hielten in der Regel die

Gruppen von Obst oder Gemüse zusammen, aber bei der Hass-Avocado war niemand sicher, welche Seite sie einnehmen würde, und sie war bekannt dafür, manchmal überraschend die Seiten zu wechseln. Deshalb wollte niemand sich mit ihr anlegen. Jetzt ärgerte die Ananas sich sehr über die beleidigenden Worte der Hass-Avocado und bekam Lust, jemanden zu provozieren. An die Hass-Avocado traute sie sich nicht heran, obwohl sie ihr für ihre Unverschämtheiten nur allzu gern einmal einen ordentlichen Schaden zugefügt oder ihr vor allen anderen Früchten öffentlich eine persönliche, peinliche und vernichtende Niederlage bereitet hätte. Die Ananas machte sich eine Gedankennotiz für die Zukunft, sich an der Hass-Avocado eines Tages zu rächen. Zunächst aber hatte sie nicht den Mut dazu, und zog es vor, die saure und verdrießliche Zitrone ein bisschen zu ärgern. Die Zitrone glaubte, zu Höherem gewachsen und bestimmt zu sein, dabei war es die Ananas, welche die eigentlich Großartige war. Die Überzeugung der Zitrone, sie sei mehr wert als nur Dekoration auf einem Cocktail zu werden, war aus Sicht der Ananas unglaublich lächerlich. Die Ananas hatte aus Bosheit einige Rezepte auswendig gelernt, in denen Zitronen verarbeitet wurden, und manchmal sagte sie eines davon auf, um der Zitrone tüchtig Angst einzujagen und sie herunterzuholen von ihrem hohen Ross. Eine Ananas musste sich nicht alles gefallen lassen! „Ein Genussmensch verspürt Lust auf einen erfrischenden Cubra Libre", schrie die Ananas. „Ich weiß genau Bescheid und verrate diesem das Rezept dazu: Man nehme vier Zentiliter Rum, zwei Zentiliter Zitronensaft, füge sich nach Geschmack kalte Cola hinzu und garniere diesen feinen After-Dinner-Highball mit einer Zitronenscheibe. Zum Wohle!" Das war

Alarmstufe Rot für die Zitrone! Allein bei der Vorstellung, in Stücke geschnitten oder ausgequetscht zu werden, wurde ihr übel. Sie wurde dabei so grün, dass die Ananas lachen musste. Aber das war ihr längst nicht genug. Es musste noch jemand als Ersatz her, der für ihre Kränkung durch die Hass-Avocado büßen sollte. Auch den Apfel wollte die Ananas gern beleidigen, weil sie sich an der Hass-Avocado nicht rächen konnte und weil ihr so gar nichts einfiel, wodurch sonst sie sich hervorheben konnte. Es machte sie wütend, dass der Apfel grundsätzlich rund, bunt und gesund war und von sich behauptete: „Mich schmeißt so schnell nichts aus der Schale!" Dabei führte nach Meinung der Ananas gerade der Apfel ein außergewöhnlich gefährliches Leben. Äpfel wurden für alles gebraucht und zu nahezu allem verarbeitet. Dass ihre Art nicht längst ausgerottet war, lag nach Einschätzung der Ananas bloß daran, dass es so viele davon gab. Hinter vorgehaltener Hand hatte die Kirsche behauptet, dass es allein in Europa fast zwanzigtausend Apfelsorten geben solle. Die meisten Früchte fanden es recht asozial vom Apfel, dass er sich so ungehemmt ausbreitete und auf Kosten aller anderen vermehrte. Aber vermutlich war das der Grund, weshalb so viele Äpfel gegessen und verarbeitet wurden, dachte die Ananas. Niemand wollte, dass sie sich noch weiter breit machten. „Ich hörte", so rief die Ananas, „dass nach alter Tradition heute eingekocht wird. Apfelmus soll es geben!" „Das ist nicht wahr", meinte der Apfel: „Es wird heute nur Rübenkraut gemacht!" Der Apfel hatte Recht, und alle Rüben hatten sich bereits versteckt. Trotzdem fühlte er sich überhaupt nicht gut, denn vor lauter Sorge bei der theoretischen Vorstellung, dass er zu Apfelmus verarbeitet werden könnte, entwickelte er das Gefühl, von innen ausgefressen zu werden. Die Macht der Gedanken ergriff den Apfel auf sehr unangenehme Art. „Ich glaube, du bist von der Apfel-Made befallen und gehörst in Quarantäne", behauptete die Ananas. Das saß. Der Apfel fühlte sich tatsächlich etwas krank, aber einen Befall mit der Apfel-Made glaubt er für sich ausschließen zu können. Ohne es selbst zu bemerken, hatten sich oft schon einige andere Äpfel kurz vor der Einlagerung mit dem Apfelschorferreger infiziert. Erst während der Lagerung bricht solch eine Lagerfäule aus. Ängstlich kontrollierte der Apfel, ob sich auf seiner Fruchthaut vielleicht einzelne schwarze Punkte zeigten. Jetzt freute sich die Ananas über die Wirkung ihrer Worte. Trotzdem konnte sie nicht wirklich damit zufrieden werden, dass ihr Ruhm nur darauf beruhen sollte, dass sie andere beleidigte. Sie wollte doch gern etwas Außergewöhnliches sein. Nicht bloß mit dem Herunterputzen anderer wollte sie sich zu etwas Gutem und Einzigartigem erheben. Andere schlecht machen – das konnte fast jeder, wobei einige dabei viel geschickter und perfider als andere waren. Plötzlich ärgerte die Ananas sich über ihr Verhalten und fand sich primitiv und gewöhnlich. Zudem war sie geradezu erleichtert, dass niemand daran gedacht hatte, dass sie selbst gerade erst die Ananas-Welke halbwegs überstanden hatte. Es lohnte sich nicht, andere wegen ihrer Krankheiten und Schwächen zu verspotten. Was sollte sie aber sonst tun, um sich als bemerkenswert unter allen anderen hervorzuheben?

Wie schnell aus der gewöhnlichen Ananas eine Persönlichkeit wurde

Nachdem die Ananas einige Tage nachgedacht hatte, kam ihr eine bessere Idee. „Ich brenne mir ein Gesicht ein", rief sie. „Das wird mich von allen anderen unterscheiden und zu etwas Außergewöhnlichem machen!" Und so geschah es. Die Ananas setzte sich in die Sonne und positionierte sich dabei derart, dass ihr drei Striche im Gesicht entstanden: zwei gleich lange horizontal nebeneinander und oben, so dass es wie Augen aussah, und ein großer Strich darunter, der nach oben rund gebogen wurde. Das war jetzt ein Mund, und weil dieser nach oben gebogen war, sah es aus, als ob die Ananas lachte. Ob es ein freundliches oder ein hinterhältiges Lächeln war, hätte niemand mit Sicherheit zu sagen gewusst. Die Ananas würde ihren Charakter mit Hilfe dieses Gesichts entwickeln. Nun hatte sie das Potenzial für eine echte Persönlichkeit und würde mit Fug und Recht die Anerkennung aller Früchte genießen können. Das war das eigentlich Wichtige: über eine Persönlichkeit zu verfügen, welche sich durch besondere Merkmale unter der namenlosen Masse an gesichtslosen Ananas hervorhob. Die grünen Zacken oben an der Frucht waren laubblattartige Hochblätter, aber sie hätten ebenso gut ein Art Schopf sein können, wenn jemand beschlossen hätte, sie als solchen zu bezeichnen. Die Ananas beschloss, die Hochblätter zu pflegen, und ölte sie so sorgfältig, bis sie dunkelgrün zu glänzen begannen: „Das sind meine Haare, die mir aus dem Kopf herauswachsen, ganz genauso wie bei allen Menschen", so sprach die Ananas. „Nur sieht mein Schopf geradezu aus wie eine Krone, ganz wie sie ein König tragen könnte. Solche Haare wie ich hat nicht einmal der mächtigste Mensch!" Die Ananas machte sich viele Gedanken und glaubte sogar, den Menschen sehr ähnlich zu sein. Die Menschen wurden von den Früchten ebenso gefürchtet wie bewundert. Diese Bewunderung war allerdings eher eine Art ängstlicher Respekt vor einem Mächtigen. Der Grund dafür war, dass die Menschen über Wohl und Wehe der Früchte entschieden. Deshalb strebten viele Früchte es an, den Menschen ähnlich zu werden, weil sie sich von ihresgleichen dafür mehr Anerkennung erhofften. Wenn ein dürrer Sellerie von sich behauptete: „Mir wird nachgesagt, dass ich strategisch wie ein Mensch denke", so roch dies stark nach Eigenlob, denn der Mensch war allen überlegen und maßte sich an, über die Früchte zu bestimmen. So erzählten viele Früchte prahlerisch, von Zeit zu Zeit eine positive Ähnlichkeit mit den Menschen an sich festzustellen, aber bei der Ananas war es jetzt wahr, denn sie hatte ein Gesicht – wie ein Mensch. „Ich persönlich," so sprach die Ananas zu sich selbst, „bin ganz verblüfft darüber, dass ich mit meinem Gesicht jetzt fast mit einem Menschen zu verwechseln wäre." Plötzlich fühlte die Ananas sich sehr sicher und allen anderen Früchten überlegen. Wer – wie sie – fast aussah wie ein Mensch oder doch sehr menschenähnlich war, dem konnte kein Unglück widerfahren.

Im Regal im Supermarkt – mit viel Zeit für neue Ideen

Die Früchte waren müde vom hellen langen Tag. Nun entspannten sie sich auf dem Feld und genossen den Sonnenuntergang. Die Ananas war vollkommen überrascht, als sie plötzlich mit allen anderen Früchten in ihren Transportkisten in einen kühlen Supermarkt getragen und in eines der langen Regale gestellt wurde. Aber vielleicht war das nur die Zwischenstufe einer Reise, um bald als Botschafter der Früchte bei den Menschen vorzusprechen. In der Sonne hatte die Ananas sich besser gefühlt. Aber jetzt ging es erst einmal darum, mit dem neuen Gesicht etwas anzufangen. Wie ein Mensch wirkte diese herrliche Ananas, und den Menschen würde sie erklären, wie groß das Unrecht war, das den Früchten durch die Menschheit zugefügt wurde. Die Früchte hatten allen Grund, die Menschen zu hassen, weil die Menschen sie ohne eine Spur von Mitgefühl häuteten, zerstückelten, auspressten und pürierten. Bei der Verarbeitung von Früchten kam es täglich zu sinnlosen, unvorstellbaren Grausamkeiten, welche teilweise so schrecklich waren, dass unter den Früchten oft nicht einmal gewagt wurde darüber zu reden. Vielleicht würde es einen selbst nie betreffen, wenn man es verdrängte und über schreckliche Details lieber schwieg, dachten sich viele Früchte. Das große Schweigen über die Gewaltexzesse der Menschen gegenüber den Früchten trug dazu bei, dass die wildesten Gerüchte um den Menschen und seine Verbrechen wucherten. Als Tatsache galt: Nahezu immer, wenn einer Frucht ein Unrecht zugefügt wurde, war ein mutmaßlicher Mensch daran beteiligt. Das war Fakt und deshalb nicht unerheblich, und so war es an der Zeit, dass jemand dem Treiben der Menschen ein Ende setzte. Die Ananas fühlte sich zum Handeln bereit. Das Gute musste endlich siegen. Dazu würden die Früchte sich unter der Führung der Ananas vereinen müssen. Erstaunlicherweise geschah im Supermarkt erst einmal nichts. Die Ananas lag herum und wartete. Die Langeweile wurde mit jeder Minute größer, denn nichts geschah. Statt dass die Menschen sich mit ihnen beschäftigten, sich vielleicht bei den Früchten für ihr Fehlverhalten entschuldigten, passierte nichts weiter als dass einige Früchte verschwanden, aber dann schnell durch andere ersetzt wurden. Mit einigen wenigen blieb die Ananas liegen, aber niemals kam ein Mensch auf eine Frucht zu, um Reue zu zeigen, um Vergebung zu bitten oder doch wenigstens Verhandlungen einzuleiten. Die Ananas begann sich im Supermarkt unwohl zu fühlen, denn sie sah keine Möglichkeit, aus dem Regal dort zu verschwinden. Es war eine Art Hausarrest, den der Mensch grundlos verhängt hatte. Was hatte das zu bedeuten? In jedem Fall hieß es für die Ananas, dass sie genügend Zeit hatte, ihren eigenen Gedanken nachzuhängen und – bis sie endlich wieder in Freiheit wäre – sich eine Strategie für ihren weiteren Lebensweg zu überlegen.

Da die Ananas jetzt mit ihrem Antlitz über ein Alleinstellungsmerkmal verfügte, reichte es ihr nicht mehr aus, bloß „Ananas" zu heißen. Denn so hießen alle, die sie kannte. Ein völlig anderer Name sollte her. Wichtig war, dass er auch mit dem Großbuchstaben „A" beginnen musste, denn in alles, was der Frucht gehörte, hatte sie bereits ein großes „A" für „Ananas" eingebrannt, um ihr Eigentum zu markieren. Selbstverständlich gab es unter den Früchten Hierarchien, arme und reiche Früchte. Die Ananas war keineswegs ein armes Stück

Obst. Sie besaß verschiedene Holzkisten. Sogar eine Kiste aus Plastik gehörte ihr. Alles hatten irgendwelche Menschen produziert, und die Ananas hatte sie sich als Hehlerware besorgt. Für die Ananas waren diese Kisten Transportboxen – und eine eigene Plastikbox zu besitzen erfüllte sie ungefähr mit genauso viel Stolz wie einen Menschen der Besitz eines hochwertigen Autos stolz gemacht hätte. Sie lag jetzt in ihrer eigenen Plastikbox im Supermarktregal. Die Ananas war nicht nur eine vermögende, sondern auch eine belesene Frucht. Unter der Ananas lag als weiches Polster ihre Sammlung von vollgeschriebenen Schulheften. Da es außerdem inzwischen kostenlose Möglichkeiten zur Internetnutzung überall gab, hatte die Ananas ein recht umfangreiches Wissen. Was sie nicht wusste, konnte sie recherchieren und nachlesen. So war es nicht schwer, sich vorzustellen, dass die ganz schnell einen Namen fand, der mit „A" begann und ihrer würdig war. Die Ananas entschied sich, dass sie fortan „Aeneas" gerufen werden wollte. Aeneas begann mit „A" und hörte sich gar nicht so sehr viel anders an als „Ananas". Der Klang aber, und das würde jeder zugeben müssen, war ein viel würdigerer und erhabenerer. „Aeneas", hauchte die Ananas zärtlich. „Aeneas?", flüsterte sie sich selbst fragend und schüchtern zu. „Aeneas", rief sie gesellig und leutselig in die Runde. Am Ende schrie die Ananas: „Aeneas!", und das so laut, dass zwei Melonen aus dem Supermarktregal fielen und auf dem Boden zerplatzten. Ganz gleich, in welcher Lautstärke und Tonlage der Name ausgesprochen oder gerufen wurde: Der Vorname „Aeneas" würde in jeder Lebenslage unverändert stolz und ernst, dazu unglaublich vornehm und erlesen klingen. Von diesem Augenblick der Erkenntnis an gab es nicht mehr die Ananas, sondern den Aeneas. „Die Tatsache gilt als unveränderlich", rief Aeneas laut aus. Während einer kurzen, würdelosen Übergangsphase sprachen einige Unbelehrbare den Aeneas weiterhin mit dem falschen Namen Ananas an, aber das ließ sich schnell korrigieren. „Mein Name ist Aeneas", verbesserte er in solchen Fällen höflich, aber bestimmt. Bei Früchten, die etwas von ihm wollten und ihn nach wie vor Ananas riefen, reagierte Aeneas gar nicht, bis sie endlich seinen aktuellen Namen gelernt hatten. Sehr wütend wurde Aeneas, wenn jemand zwar verstanden hatte, dass er einen neuen Namen führte, aber sich einen falschen Namen gemerkt hatte, der auch mit „A" anfing. So konnte es passieren, dass irgendeine Gurke ihn zum Beispiel mit einem Namen wie „Andreas" ansprach. Wenn das geschah, wurde Aeneas augenblicklich weiß vor Zorn. Bis ins Innerste des Fruchtfleisches wich das gesunde Gelb sofort einem blassen, kranken Weiß. Gerade bei den Gurken, die lange nicht so dumm wie viele andere Früchte waren, unterstellte Aeneas nichts als Mutwilligkeit, wenn sie ihn Andreas nannten. Die wollten es wagen, sich über ihn lustig zu machen! Dass es immer wieder Gurken waren, die er korrigieren musste, nahm Aeneas gegen die Gurken ein. Allein dass sie ihn nicht mit irgendeinem anderen Namen ansprachen, der mit „A" begann, wie zum Beispiel Alwin, Albert oder Anton, sondern stets Andreas sagten, schien Aeneas genügend Absicht zu beweisen, dass diese Gurken nichts weiter wollten als ihn zu beleidigen und zu verspotten. Wäre keine Bosheit dahinter, hätten sich nicht alle den gleichen falschen Namen gemerkt. Andreas!! Eines Tages würde Aeneas es denen heimzahlen und sie ihrer gerechten Bestrafung zuführen! Wenn er erst aus dem Supermarkt weg wäre, dann gäbe es für die Gurken, die er in Freiheit anträfe, bald nichts mehr zu lachen. „Lange genug gelacht, lange krumme Gurke! Jetzt geht's ans Eingemachte, du wirst eingemacht, das heißt auf gut Deutsch: Du wirst eingelegt!" Aeneas weidete sich jetzt, obwohl er selbst noch Gefangener in der Festung des Supermarkts war, schon daran, wie vorzüglich er sich an den Gurken rächen würde. Zunächst aber hatte er Wichtigeres zu tun, denn er benötigte natürlich nicht nur einen Vor-, sondern auch einen Nachnamen. Den Nachnamen erfand er sich schnell hinzu – mit welchem Buchstaben der begann, sollte ihm gleichgültig sein. Nur gut und ehrenvoll musste der Name klingen. Als Nachnamen dachte sich die Ananas den Namen „Fieberbaum" aus. Es war so viel besser als zuvor, jetzt Aeneas Fieberbaum zu heißen und „er" und „Herr" zu sein – Herr Aeneas Fieberbaum – statt nur „Ananas" gerufen zu werden wie Millionen andere. Die Ananas hatte sich bewusst für einen männlichen Vornamen entschieden, obwohl eine Ananas im Deutschen weiblich war. Aber was sollte das schon? Im Italienischen war das grammatische Geschlecht der Ananas männlich, im Englischen sogar sächlich. Kein Ding, sondern ein Herr wollte die Ananas sein, weil sie Herr mit Herrschaft in Verbindung brachte. Der Name Aeneas war schon sehr gut gewählt, aber nicht genug Ehre für die Ananas, weil das nur ein Vorname war, wenn auch einer aus der griechischen Mythologie. Aeneas, Prinz von Troja! Aeneas war der Name eines tapferen Helden, welcher der Stammvater der Römer sein sollte. Aber ein Nachname hatte unbedingt dazugehört. Denn zu lächerlich wäre es gewesen, wenn die Leute nur „Herr Aeneas" hätten sagen müssen. Fieberbaum, wie gut das klang. So war er Herr Fieberbaum, und nur sehr wenigen erlaubte er, ihn Aeneas zu rufen. Niemand sollte mehr behaupten, dass er bloß eine Ananas war – eine einfache importierte Südfrucht. Nicht die einfachste aller Früchte, denn Ananas müssen lange reifen, und eine importierte Frucht genoss einen höheren Status als eine heimische, weil sie schließlich eine sehr lange Reise hinter sich hatte. Wie aber fiel dem Aeneas der ungewöhnliche Name Fieberbaum ein? Während er in der Obstabteilung im Supermarkt lag, schnappte er das Wort „Fiebertraum" auf. Ein verzogener kleiner Mensch griff sich die größte Ananas – zum Glück war das nicht Aeneas, denn dieser war zwar reich an Geist, aber nicht an Volumen. Der größere Mensch, vermutlich der Besitzer des kleineren, sagte zu diesem: „Kind, das kann nicht dein Ernst sein! Diese große Ananas soll ich kaufen? Die kannst du gar nicht allein essen! Sind die Augen wieder größer als der Mund? Du bist wohl gerade aus einem Fiebertraum erwacht? Leg das Ding sofort zurück!" Der kleinere Mensch legte nach einigem Hin und Her, alberner Quengelei, Genöle und der üblichen Unerzogenheit, welche insbesondere die jungen Menschen charakterisierte, die Ananas zurück. Aber das Stichwort des älteren Menschen elektrisierte Aeneas: Fiebertraum! Welch ein melodisch klingendes Wort, das aber schon vergeben war. Aeneas griff die Idee auf und änderte den Ausdruck in Fieberbaum. Das war jetzt sein Name. Der war positiv besetzt, seiner Ansicht nach. Fieberte nicht jeder etwas Tollem und Bemerkenswertem entgegen? Dem Sommer entgegenfiebern! Wenn die herrliche verehrte Sonne die Früchte reifen ließ! Aber auch dem kühlen Regen entgegenfiebern, der den Durst der Früchte stillte, sie anregte und so angenehm belebte. Aeneas war stolz auf seine Wahl. Von dem blauen Eukalyptus, der ebenfalls Fieberbaum genannt wurde, hatte Aeneas niemals gehört. Dabei trug auch dieser Baum Früchte. Aber diese waren sehr exotisch und deshalb den meisten Früchten unbekannt. Im Supermarkt wurden sie von den Menschen nicht verkauft.

Wenn Aeneas auch sehr sicher war, dass er und nicht die andere, nach welcher der blöde kleine Mensch gegriffen hatte, die größte aller Ananas war, so war er doch sehr froh, dass er nicht gekauft wurde. Denn wer wollte schon zerschnitten im Magen des widerwärtigen Menschen landen? Die Früchte hatten sehr schnell gemerkt, dass der Supermarkt die letzte Station ihrer Reise sein sollte und damit zu rechnen war, dass sie nach und nach verkauft und gegessen werden würden. Das war es, was der Mensch mit ihnen vorhatte! Manche Früchte hatten sich schicksalsergeben schnell damit abgefunden, aber Aeneas war weiterhin aufgeregt und wütend und konnte es nicht fassen, dass sein Leben vorbei sein sollte, bevor es überhaupt richtig begonnen hatte. Sein selbst eingebranntes Gesicht, das ihn so außergewöhnlich hatte machen sollen, bestimmte das weitere Geschehen, jedoch auf ganz andere Art als von Aeneas erwartet. Er hatte schon die ganze Woche über im Obstregal gelegen. Die meisten Gefährten waren längst von verbrecherischen Menschen gekauft worden. Es war Samstagabend, und es lag fast kein Obst oder Gemüse mehr herum. Fast alles war verkauft: Nur ein paar Orangen, drei Zitronen und zwei Äpfel waren übrig und ruhten zusammen mit Aeneas im kühlen Regal. Er führte das darauf zurück, dass auch sie Erwählte und außergewöhnlich sein müssten. Niemand würde ihnen etwas antun wollen. Da kamen am Samstagabend – der Supermarkt war inzwischen geschlossen – zwei Menschen in Kitteln in die Obst- und Gemüseabteilung. Schon wieder Menschen, obwohl der Laden zu war! Der Mensch war der größte und gröbste Feind der Früchte, weil er sie konsumierte – und sie zwangsläufig dafür töten musste. Es ließ sich nicht oft genug sagen: Aeneas hasste die Menschen und bewunderte sie gleichzeitig für ihre Macht. „So ein Glück", rief der dünne Mensch, „fast das ganze Zeug ist weg!" „Super", entgegnete der dicke Mensch, „dann haben wir heute weniger Arbeit und gar nicht so viel von dem vergammelten Dreck wegzuwerfen." Dreck! Das hatten sie gesagt! So hatten diese Menschen über das Obst im Kühlregal gesprochen! Bevor Aeneas Fieberbaum protestieren konnte, war er schon an den Haaren gepackt und wurde grob zusammen mit den anderen Früchten in eine Plastiktonne geworfen. Unfassbar! Es war völlig unfassbar! Diese Menschen hatten sein Gesicht nicht erkannt und die Augen und den Mund für Schäden und Verunstaltungen gehalten. Statt als besonders wertvoll bewundert zu werden, galt Aeneas Fieberbaum als versehrt und hässlich. Wie konnten die sich so täuschen, die Ungebildeten? War das etwa auch der Grund, weshalb ihn niemand gekauft hatte? Keiner hatte erkannt, dass er erwählt und ausgezeichnet war! Aeneas war außer sich vor Zorn und verlor augenblicklich seine gelbe Farbe. Sein Fleisch wurde völlig weiß. Viel Zeit, um sich zu empören, blieb ihm nicht. Da wurde er schon draußen neben dem Supermarktparkplatz ausgekippt – auf einen Haufen einer großen Sammlung von Obst und Gemüse, die wohl schon eine Weile dort herumlag. Das alles waren Aussortierte – Auserwählte – die niemand hatte essen wollen. Es roch leicht verrottet, und Aeneas hatte das Gefühl, dass einige sich gehen ließen, weil sie sich schon so schnell aufgegeben hatten. Er sah sich zunächst vorsichtig um, und als er erkannt zu haben meinte, dass keiner der dort Liegenden ihm das Wasser würde reichen können, schaute Aeneas einmal aufmerksam in die Runde und stellte sich mit fester Stimme vor: „Guten Tag zusammen! Mein Name ist Aeneas Fieberbaum." Die Wirkung ließ nicht lange auf sich warten. Alle apathisch herumliegenden Früchte sahen plötzlich aufmerksam in die Richtung des Aeneas. Allein sein Name schien sie tief beeindruckt zu haben, denn kein anderes Stück Obst oder Gemüse hatte überhaupt einen personalisierten Namen, von solch einem klangvollen wie dem des Aeneas ganz zu schweigen. Die anderen stellten sich zum Beispiel mit „Zitrone Klasse I" oder „Zitrone Klasse II" vor. Das war eine dem Aeneas durchaus bekannte peinliche Güteklasse, die der unverschämte Mensch für die Zitronen ersonnen hatte und welche diese für sich und ihr Leben offenbar kritiklos akzeptierten. So war es nur von vollkommen Willenlosen und Gedemütigten zu erwarten! Diese zwei Zitronen hier hatten Namen anerkannt, die ein menschliches Qualitäts-, Warenwirtschafts- oder Sortiersystem ihnen willkürlich zugedacht hatte. Eine Banane lag in dem Haufen von Aussortierten, und diese Banane war lächerlich genug, sich mit dem Namen „Banane Extra" vorzustellen. Bananen gegenüber war Aeneas ohnehin skeptisch. Die häufig gestellte Frage: „Warum ist die Banane krumm?" hatte Aeneas für sich selbst längst damit beantwortet, dass die Banane eben eine bequeme Opportunistin war, die sich vor dem Menschen bereits unterwürfig verbeugte, bevor er sie in dieser unwürdigen Haltung erntete und dann zusätzlich verhöhnte, indem er sie mit „Banane Extra" etikettierte. In all ihrer Erbärmlichkeit – sie war schon braun, fleckig und matschig – schien diese Banane stolz darauf, dass der

Mensch sie mit dem Zusatz „Extra" als hochwertig ausgezeichnet hatte. Obwohl Aeneas die Klassifizierung von Früchten durch den Menschen entschieden ablehnte, beruhigte es ihn ein wenig, dass diese Banane von ihrem Etikett „Extra" erzählte. Dies nahm etwas zurück von der Kränkung, dass auch er, der herrliche Aeneas mit dem menschlichen Antlitz, auf dem Haufen der Aussortierten gelandet zu sein schien. Wenn aber die zwei Menschen im Supermarkt eine unverkaufte Banane der höchsten vom Menschen vergebenen Klasse „Extra" aussortiert hatten, dann hieß das doch bloß, dass der Rauswurf durch den Menschen die Besten ebenso getroffen hatte wie die Allergeringsten. Am meisten musste Aeneas innerlich lachen, als ein dummer Apfel allen Ernstes als seinen Namen „Granny Smith" angab. Aeneas behielt es für sich, was er von solch einer Sklavenmentalität hielt. Unfassbar aber schien ihm, dass ein aussortierter Apfel, der wirklich nichts mehr zu verlieren hatte, weiterhin den Namen angab, den sein Herrscher, der üble Mensch, ihm zugedacht hatte. „Granny Smith"! Der war benannt nach einem alten Menschen, der vor zweihundert Jahren mal gelebt und ihn angeblich „entdeckt" hatte. Da findet ein Mensch einen Apfel, gibt diesem seinen Namen – und der Apfel findet sich damit ab! Das war unvorstellbar für jeden, der noch über einen Rest von Verstand verfügte! Aeneas machte sich eine geistige Notiz dieses unglaublichen Verhaltens. Dieser würdelose Apfel würde jedem Herrn nach dem Mund reden. Er müsste nur jemand anderen finden, dem er sich unterwerfen könnte. Aeneas stellte sich sogleich vor, wie eine blaue zweiteilige Uniform sich auf dem Grün von Granny Smith machen würde. Vermutlich würde Granny Smith einen zuverlässigen Verkehrspolizisten abgeben. Aeneas müsste der Herrscher der Früchte werden, denn er war der Beste von allen. Aeneas war sicher, dass er für diesen folgsamen Apfel eine gute Verwendung finden würde. Solche Leute mussten nur richtig angepackt werden, dann konnten sie sehr nützlich sein. Aber es wurde dringend, dass jemand handelte, denn es war für Aeneas recht wenig vergnüglich, draußen zu sein und dabei oben auf einem Haufen verrottender Früchte zu sitzen, die zu hoffnungslos schienen, um sich noch zu rühren. Es lagen bereits sehr viele von diesen mutlosen Versagern herum, und wenn nicht endlich etwas geschah, würden es immer mehr werden. Die Zeit war reif für positive Veränderungen. Aeneas sah keinen Grund dafür, dass er warten sollte, bis er selbst ein Opfer der Fäulnis würde. Einer musste aufstehen und den Weg aus dem elenden Haufen herausführen. So einfach war das! Aeneas wusste, dass er der Auserwählte war. „Aufstehen!" rief er laut. Er stand als Erster auf, denn er hatte gar nicht gelegen wie die meisten anderen, sondern gesessen, weil er sehr darauf bedacht gewesen war, seinen grünen Haarschopf nicht zu beschädigen. Außerdem hatte er nicht schlafen wollen, denn vom Menschen war jede Heimtücke zu erwarten. Es hätte Aeneas nicht erstaunt, wenn der Mensch in der Nacht mit einer Walze gekommen wäre, um alle bereits am Boden liegenden Früchte im Schlaf zu zermalmen. Das Wichtigste war Wachsamkeit. „Aufstehen! Auf was wartet ihr?", schrie Aeneas jetzt wütender und energischer, denn niemand außer dem Apfel Granny Smith und ein paar schmächtigen Himbeeren war seiner ersten Aufforderung gefolgt. Aeneas wurde ungeduldig. „Wollt ihr hier beim Menschen verrotten? Aufstehen! Mir nach!" Entschlossen ging Aeneas in Richtung des nächsten offenen Feldes, das ordentlich abgeerntet aussah und vom Supermarktparkplatz nicht nur zu erkennen, sondern auch sehr schnell zu erreichen war. Plötzlich war Aeneas für Mitläufer wie den farblosen Granny-Smith-Apfel dankbar. Diese Ja-Sager würden jedem folgen, der ein wenig Initiative zeigte. Da Granny Smith und sieben kleine Himbeeren dem Aeneas Fieberbaum hinterherliefen, schaute er sich nicht einmal mehr zu den anderen Früchten um, welche nach wie vor apathisch auf dem Haufen lagen. Aeneas war sicher, dass sie alle ihm in den nächsten Minuten folgen würden, denn einen Anfang hatte er gemacht. Und so geschah es. Eine kleine Gruppe recht lädierter Früchte lief im Gänsemarsch hinter der Ananas her. „Das Feld, auf welchem wir uns hier befinden, habe ich beschlagnahmt", erklärte Aeneas selbstbewusst. „Alle, die mir gefolgt sind, dürfen sich hier niederlassen. Mietfrei. Das gilt so lange, bis ich mir etwas anderes überlege." Aeneas wollte nicht zu verbindlich sein und versprach die Großzügigkeit deshalb nur unter Vorbehalt. Im Moment schien es ihm, als könnte er ein paar Früchte brauchen, die ihm zu Dankbarkeit verpflichtet und ihm ergeben waren. Sollte er dieser Individuen überdrüssig werden, könnte er seine Bedingungen jederzeit willkürlich ändern und Mieten verlangen, die niemand würde bezahlen können. Aeneas war es egal, denn diese Früchte waren vermutlich vorher auch ohne festen und garantierten Wohnsitz gewesen. Sicher würde er die Lästigen loswerden, sollte er es für erforderlich halten.

Rigorose und endgültige Aufgabe der Klassifizierung als Ananas, Verfassung eines Erstlingswerks

Aeneas beschloss, sich in Zukunft gar nicht mehr als Ananas zu erkennen zu geben. Er kannte viele Ananas und wusste, dass diese die erhabensten Früchte waren. Sogar seine Mutter war eine Ananas gewesen, und er war aus ihren Blattschopf heraus gewachsen. Aber er war viel mehr als bloß eine Ananas. Irgendwelche Leute mochten glauben, dass er wie eine Ananas aussah, aber er war Aeneas Fieberbaum und hatte ein lachendes Antlitz und stellte doch viel mehr dar, als diese ganzen Gewöhnlichen, erst recht gewöhnliche Früchte, erfassen könnten. Sein Lachen bewies die Zufriedenheit mit sich selbst, ebenso wie gleichzeitig die freundliche, unnahbare Überlegenheit gegenüber allen anderen, welche ihren Stimmungsschwankungen ausgesetzt sein mochten – obwohl sie nicht einmal Gesichter hatten, mit denen sie einen Gemütszustand zum Ausdruck hätten bringen können. Aeneas war die beste aller Früchte, zufällig fast mit dem Aussehen einer Ananas. Gewiss, er war einer Ananas ähnlich und mit der Familie der Ananas verwandt. Aeneas war nicht aus dem Nichts gekommen, und natürlich hatte er eine Geschichte. Aber er allein war der Erwählte. Aeneas war das Erste und der Letzte seiner Art, davon war er überzeugt. Diese Eigenschaft sollte ihm Verpflichtung sein. Fortan wollte er all seine Gedanken aufschreiben. Nichts durfte verloren gehen, weil alles, was er zu sagen hatte, elementar war. Aeneas hatte eine sehr hohe Meinung von sich. Er hielt sich für einen großen Denker und würde erst einmal Schriftsteller werden, denn es war ihm wichtig, seine bedeutenden Gedanken unter anderen zu verbreiten. In den vergangenen Jahren hatte Aeneas eine Satzfetzensammlung zusammengestellt, aus der er jetzt schnell einen Roman bastelte. Es schien, als hätte es nur noch eines Namens für die Ananas bedurft, damit endlich der große Roman entstehen konnte. Aeneas stellte befriedigt fest, dass er mit der Wahl eines Nachnamens zusätzlich zum Vornamen alles richtig gemacht hatte. Ohne den vornehmen Nachnamen hätte er keinen Roman verfassen können, denn das fertige Werk hieß: *Mein Name sei Fieberbaum*. Der Titel war gestohlen von dem berühmten Max-Frisch-Roman: *Mein Name sei Gantenbein*. Sonst aber hatte das Pamphlet nicht sehr viel mit dem Buch von Max Frisch zu tun. Ein wenig schon, denn auch in dem Werk, von dem Aeneas sich den Titel angeeignet hatte, ging es um Identitäten und Rollenwechsel. Aber mehr Gemeinsamkeiten gab es nicht. *Mein Name sei Fieberbaum* handelte überwiegend von den Vorschlägen des Aeneas. Er schrieb eine Menge krauses Zeug – eben all seine wirren Ideen und Gedanken – ungeordnet und ohne erkennbare Struktur auf. Aus diesem Grund war *Mein Name sei Fieberbaum* ganz sicher kein Roman, wie Aeneas behauptete, sondern viel eher als Polemik oder Schmähschrift zu verstehen. So hatte Aeneas sich unter anderem eine Überschrift ausgedacht, die hieß: „Den Faulen soll die Fäulnis fressen". Das war ein Gedankenblitz von ihm gewesen, den er für sehr mitteilungswürdig und allgemeingültig gehalten hatte. Ähnliche Sprüche wie diesen gab es in großen Mengen. „Wer rastet, der rostet" war inhaltlich nicht vollkommen anders, aber das fand Aeneas nicht radikal genug, weil zwar der Tat – dem Rasten – als Konsequenz das Rosten folgte, aber diese Konsequenz

nicht abschreckend genug war, um die Tat zu verhindern. Aeneas hielt seine Ideen für origineller und
erläuterte unter der Überschrift „Den Faulen soll die
Fäulnis fressen", was er genau damit meinte. Er versuchte dabei stümperhaft, den Fäulnisprozess wissenschaftlich zu beschreiben, und tat dies so ausführlich
und umständlich, dass es nicht verwunderlich war, dass
die meisten dieses Ideenwerk zu lesen nicht besonders
interessant fanden. Dazu vergaß Aeneas nie, auch von
sich selbst und Erfahrungen aus seinem Bekannten-
kreis zu erzählen. Und wer hat schon Lust, über die
Tüchtigkeit einer sektiererischen, äußerst mitteilungs-
bedürftigen Ananas unterrichtet zu werden oder sich
gar von dieser belehren zu lassen? Wer wollte lesen:
„Wer seine Hecke stutzt, ist ein Ketzer und muss
ersetzt werden" – und die abstrusen Erklärungen dazu,
warum das so sei? In einem ganzen Kapitel mit über
dreißig Seiten? „Das Unheimliche muss unfassbar
bleiben", behauptete Aeneas in einem anderen Kapitel
und ließ sich im Stil eines talentierten, aber amateur-
haften Mystikers über übersinnliche Themen umfas-
send aus. Scharfsinnige Argumentationen für den
Hausgebrauch – das war Aeneas' eigene Beschreibung
seiner Ausführungen. Ein großer Teil der Thesen in der
Lektüre war ebenso leidenschaftlich wie unsachlich
und außerdem wissenschaftlich an keiner Stelle belegt,
was durch das Fehlen von Quellenangaben verdeut-
licht wurde. Die vermeintlichen Beweise, welche
Aeneas für seine Behauptungen anführte, hatten allen-
falls als anekdotische Belege einen Wert. Das konnte
der Fall sein, wenn man großzügig war – und nur dann.
So hieß zum Beispiel ein Kapitel „Mehr Bürokratie
wagen", und diese in der Tat gewagte These unter-
stützte Aeneas mit der unbewiesenen Behauptung, dass

in besonders bürokratischen Gesellschaften sowohl die Kriminalität als auch die Armut geringer seien als in weniger bürokratisierten Strukturen. Dabei sei es gleichgültig, ob die Angestellten sich als alte Hasen oder altes Eisen betrachteten. Um eine Floskel in seiner Sammlung war Aeneas nie verlegen. „Marionetten müssen ihre Fäden selbst sorgfältig abschneiden", schrieb er als Überschrift für ein Kapitel, in welchem er meinte, die Kunst des selbständigen und unabhängigen Denkens zu vermitteln. Im unmittelbar darauf folgenden Kapitel widersprach er der eigenen These, denn dieses hieß: „Von der hohen Bedeutung des Kadaver-Gehorsams", und Aeneas erläuterte, wie wichtig es für den Einzelnen sei, unbedingt der Obrigkeit zu gehorchen und sich dieser willenlos zu unterwerfen. Im weiteren Verlauf des Werks gab Aeneas in einem Kapitel mit dem Titel „Wann ein Kompromiss auf den Tisch muss" vor, Probleme für zwei Seiten einvernehmlich lösen zu können. Das letzte Kapitel war übertitelt mit der vielversprechenden Aussage: „Hoheitliches Herrschaftswissen verlangt geheim gehalten zu werden". Das klang verheißungsvoll, aber dann folgten dieser Überschrift bloß dreißig leere Seiten. Wer das für einen Fehler hielt, täuschte sich. Die dreißig unbedruckten Seiten im abschließenden Kapitel des Buchs des Aeneas Fieberbaum stellten anschaulich dar, dass der Autor über dieses Herrschaftswissen verfügte, aber es nicht preiszugeben bereit war. Das war aus seiner Sicht nur logisch und konsequent.

Das ganze Buch – insgesamt rund tausend Seiten – war eben aus seiner zufälligen Satzfetzensammlung entstanden, die Aeneas über Jahre hinweg in einem Zettelkasten aufgehoben und stetig erweitert hatte. Immer wenn ihm etwas Neues einfiel, schrieb er die Idee auf einen Zettel und warf diesen zur späteren Verwendung des Gedankenblitzes in den Kasten. So hielt er es, selbst nachdem er sein Erstlingswerk auf eigene Kosten schon herausgegeben hatte. Das krude Machwerk *Mein Name sei Fieberbaum* wurde ein großer Misserfolg, aber Aeneas ließ sich nicht entmutigen. Wahrscheinlich war er nur nicht bekannt genug gewesen, und deshalb hatte niemand sein Buch gekauft. Das ließ sich ändern. Vielleicht hätte er auch weniger Ideen und Vorschläge, sondern mehr Aphorismen, unwiderlegbare Weisheiten und eigene Erkenntnisse aufschreiben sollen. Das lasen die Leute lieber, weil damit von ihnen nicht gefordert wurde, etwas zu verändern. Aeneas übte Selbstkritik: Beim nächsten Buch wollte er weniger belehrend wirken. Weisheiten, Urteile, Befehle! Das alles sah er zwar als sein zukünftiges Wirken, seine Bestimmung und Aufgabe – aber im Moment schien die Zeit noch nicht reif dafür. Hier war seine Welt von Worten, an der Aeneas den Ausgang nicht fand. Es handelte sich um seine eigenen herrlichen Worte, in welchen er sich verlieren konnte. Aber er musste für ein ungebildetes Publikum verständlich schreiben. „Der heilige König wird euch den Apfel der Versuchung reichen", sprach Aeneas laut zu sich selbst. Er würde das Volk in Versuchung bringen und war sich dessen gewiss, dass er es für sich gewinnen und sein wunderbares Werk gelesen werden würde. „Über kurz oder lang wird es mir glücken", frohlockte Aeneas.

Aeneas nahm ein Stück rosa Löschpapier und schrieb sich für seinen Zettelkasten auf: „Wer fliegen will, muss regelmäßig üben. Das ist nicht nur bei den Luftstreitkräften, sondern auch bei allen Vögeln der Fall. Den meisten Vögeln im Zoo werden zu ihrer eigenen Sicherheit die Flügel gestutzt. Damit sie nicht ins Ungewisse fliegen und fliehen können. Um das bei den Menschen zu verhindern, reicht es aus, dass die Luftstreitkräfte keine flugtüchtigen Flugzeuge haben." Jetzt musste Aeneas laut lachen über seinen guten Einfall, dass der logische Schluss seiner Aussage der war, dass die Luftstreitkräfte beim Menschen nicht ins Ungewisse rutschen sollten. Was für eine radikale Idee von ihm! Er war in der Tat ein großer Autor mit einer feinen, hintersinnigen Philosophie. Er müsste ein Traktat schreiben mit dem Titel „Warum es angenehmer ist, aus der Zeit zu fallen als im Krieg zu fallen". Zu seiner Bestürzung stellte er fest, dass er schon wieder dazu neigte zu belehren. Das war seiner Ansicht nach zwar dringend notwendig, weil von anderen nichts zu erwarten war als dummes Zeitgeistgerede. So etwas hörte er sich nicht an. Umgekehrt schien die Zeit aber noch nicht reif dafür, dass die bildungsferne Mehrheit den Wert seiner Erkenntnisse anerkannte. Allein das war der Grund dafür, dass die Früchte sein Werk weder zu schätzen noch zu achten wussten. Sie waren einfach viel zu ungebildet und konnten es nicht verstehen.

Eine neue Idee: Politiker werden

Aeneas war immer allein, denn seine Großartigkeit sollte zwar jeder zur Kenntnis nehmen, aber er wollte sie nicht teilen. Er hätte gern eine Gefährtin gehabt, eine blasse Ananas vielleicht, die hinter ihm kaum bemerkt worden wäre und ihn still bewundert hätte. Es gab zahlreiche Bewunderinnen, unter denen er gewiss mehr als eine geeignete Freundin gefunden hätte. Aber selbst das konnte er nicht dulden, sich nicht leisten. Denn das eine wäre gewesen, dass er seine Großartigkeit hätte teilen müssen und nicht mehr als unnahbarer einsamer Künstler wahrgenommen worden wäre. Dazu wäre gekommen, dass die blasse Gefährtin schnell gemerkt hätte, wie ängstlich und jämmerlich Aeneas war, vermutlich ängstlicher als jede für ihn vorstellbare Freundin. Er konnte schwer allein sein, aber das war der Preis, den er meinte zahlen zu müssen, um bemerkenswert zu bleiben. In der Nacht litt er unter seiner Nachtlichtphobie. Er war eine sehr neurotische Frucht, die das Licht der Nacht kaum ertragen konnte. Um überhaupt einschlafen zu können, hatte er sich eine Bestrahlungslampe besorgt, welche die ganze Nacht brannte und die Box, in der er lag, bestrahlte. Trotzdem stand Aeneas nachts oft auf, weil er nicht einschlafen konnte. Das Licht beschleunigte sein Einschlafen zwar, aber ganz zuverlässig war es nicht, denn meist wachte er kurz nach dem Einschlafen wieder auf, weil er geträumt hatte, er sei von Schädlingen befallen. Danach war seine Panik so groß, dass er sich nicht mehr traute, sich in seine mit Watte so angenehm ausgelegte Plastikbox zurückzulegen. So war Aeneas nachts viel auf den Beinen. Dabei kamen ihm immer wieder neue Ideen, die er sofort aufschrieb und in seinen Zettelkasten warf. Der Zettelkasten bedeutete für ihn Sinn, der hielt ihn am Leben. In einer Nacht, in der er kaum ein Auge zu tun konnte, hatte er einmal ganze zehn Ideen gehabt. Alle waren seiner eigenen Einschätzung nach gut und zu hundert Prozent verwertbar. Die Beste war, dass er fortan Berufspolitiker und nicht mehr Schriftsteller sein wollte. Aeneas schrieb auf ein Blatt Löschpapier, das er seiner alten Schulheftesammlung entnommen hatte: „Ich werde Politiker". Danach schlief er beruhigt ein. Als er am nächsten Morgen erwachte, begann er – wie jeden Tag – damit, die Ideen in seinem Zettelkasten zu zählen und nach der Farbe des Papiers, auf dem er sie festgehalten hatte, zu sortieren. Die Farbe des Papiers hatte mit dem Inhalt der Ideen nichts zu tun, aber Aeneas fand es schön, wenn alles seine Ordnung hatte und blaue Zettel bei blauen Zetteln und gelbe Zettel bei gelben Zetteln waren. Von seiner Idee der vergangenen Nacht war er weiterhin begeistert. Aus dem missachteten armen Autor Aeneas Fieberbaum würde der erfolgreiche Politiker Aeneas Fieberbaum werden. Jetzt galt es, die Idee umzusetzen. Aeneas beschloss, einen Personenkult um sich zu gestalten. Das Logo, das überall erscheinen sollte, hatte er schon: Die Ananas würde alles kennzeichnen, was von ihm war. Überall musste – stellvertretend für Aeneas Fieberbaum persönlich – ein stilisiertes Bild einer Ananas zu sehen sein. Dieses sollte so weit stilisiert werden, dass die Ananas als solche nicht mehr einwandfrei erkannt, aber unverwechselbar angedeutet würde. Es war aus Sicht des Aeneas genauso, wie er es mit dem Namen Aeneas gehalten hatte: Nur mit sehr viel Phantasie würde der Name Aeneas entfernte Schlüsse auf eine Ananas zulassen. Denn Ananas waren die besten aller Früchte, aber Aeneas Fieberbaum war keine Ananas, sondern mehr als das. Aus diesem Grund würde er eines Tages die Welt beherrschen. Jetzt war es an der Zeit, einen Kult zu schaffen. Er schrieb die Satzfetzensammlung ein wenig um, beschrieb sich als Retter für ein Land in der Krise und gab das Werk erneut als politische Schrift statt als Roman heraus. Obwohl es bloß um ein paar radikale Ideen des Aeneas erweitert war, hieß das Werk nicht mehr *Mein Name sei Fieberbaum*. Jetzt war es zu einer politischen Abhandlung geworden, mit dem Titel: *Die einzige Art, wie ihr jetzt noch zu retten seid!* Tatsächlich ging Aeneas so weit, dieser anmaßenden Behauptung des Traktat-Titels zur Verstärkung der Aussage ein Ausrufzeichen hinzuzufügen. Auf dem Cover war die grinsende Ananas alias Aeneas mit einer Art Heiligenschein abgebildet, wodurch suggeriert werden sollte, dass Aeneas der Erlöser sei. Daraufhin ging alles so schnell, dass die Ereignisse sich geradezu überschlugen. Ein renommiertes Nachrichtenmagazin veröffentlichte eine positive Rezension über das Buch, so dass alle anderen, weniger bedeutenden Magazine und Zeitschriften nachziehen mussten. Eine bekannte Himbeere, die als Influencerin insbesondere auf junge Früchte großen Einfluss hatte, las in ihrem Kanal ekstatisch aus dem Werk des Heilsbringers Aeneas vor, bis sie so überwältigt von den Weisheiten war, dass ihr öffentlich die Tränen kamen. Plötzlich war *Die einzige Art, wie ihr jetzt noch zu retten seid!* von Aeneas Fieberbaum überall vergriffen und musste eilig in großer Menge nachgedruckt werden. Ein Jahr lang hielt das Buch, welches jetzt als Lehrwerk galt, sich ganz oben auf der Bestsellerliste des renommierten Nachrichtenmagazins. Die Zeit, dass Aeneas als Politiker Karriere machen musste, war angebrochen. Seine Geduld hatte sich ausgezahlt. Aeneas Fieberbaum ging im ganzen Land auf Lesereise. „Meine Lichtgestalt wirft ihren Schatten schon voraus", kündigte Aeneas seinem verblüfften Publikum in einer Rede an. Niemand wagte, sich über das schiefe Bild zu wundern. Allein eine alte Gurke mit Hut, gebrechlich und krumm, auf einen Stock gestützt, schimpfte leise vor sich hin: „Mir war immer klar, dass der Andreas Fieberbaum ein Schlawiner ist". Aeneas wusste nicht, was ein Schlawiner war. Vermutlich war dies ein Ausdruck der Anerkennung für jemanden, der als besonders ausgefuchst galt? Die Bezeichnung Schlawiner erschien Aeneas zunächst fast schmeichelhaft. Schwang nicht hohe Achtung bei dem Wort mit? Allein der Sprachklang war betörend: Schlawiner, das hörte sich nach einer schönen Melodie an. Aber Aeneas wurde unsicher. Er fürchtete, es könnte ein Schlawiner auch etwas Halbseidenes sein. Der Begriff schien unsauber, fand Aeneas. Vieles, was betörend klang, war nicht ganz sauber und ehrenhaft. Aeneas beschloss, das Wort zu recherchieren. Noch bevor er das tat, kamen ihm Zweifel auf, ob er wirklich von ehrlicher Anerkennung ausgehen konnte, denn Aeneas glaubte auch den falschen Vornamen „Andreas" aufgeschnappt zu haben. Damit war sicher, dass diese alte Gurke eine Intellektuelle war und ihn infam beleidigen wollte. „Haben Sie etwas gesagt?", fragte Aeneas die Gurke aggressiv. „Mit Verlaub," entgegnete die Gurke und zog höflich den Hut, „ich meine nur, dass man nicht immer allen Medienberichten vorbehaltlos Glauben schenken sollte." Die Gurke redete undeutlich und nuschelte. Weil sie alt war, hatte sie außerdem eine brüchige Stimme. Die „Medienberichte", von denen sie sprach, hörten sich – wenn man böswillig war – an, als habe sie „Mädchenberichte" gesagt.

Erfreut schnappte Aeneas das Wort auf und beschloss, damit diese Feindin zu verspotten. Wer so alt und klapprig wie diese Gurke war, hatte zwangsläufig als blöde zu gelten und verdiente es nicht, gehört und ernst genommen zu werden. Trotzdem musste er diese unverschämte Querulantin vernichten! Aeneas war weiß vor Zorn, aber er sprach sanft und freundlich zu der Gurke, wie zu einer Schwachsinnigen, der geduldig etwas erklärt werden musste: „Das sehen Sie ganz richtig, Bürgerin Gurke. In der Tat sollte nicht jedem Mädchenbericht Glauben geschenkt werden. Wo kämen wir da hin?", fügte Aeneas jovial lachend hinzu. Er konnte gar nicht weitersprechen, weil seine Worte im Beifall, lauten Johlen und schließlich Stampfen des Publikums untergingen. Aeneas hatte gewonnen! In die Richtung der Karotten-Saaldiener zeigte er mit dem Daumen nach unten und richtete die Augenschlitze auf die hässliche krumme Gurke, welcher eine der Karotten zuerst unter Publikumsbeifall den Hut herunterschlug und die auf dem Boden liegende Kopfbedeckung anschließend zertrat, um daraufhin zusammen mit einem Kollegen die Gurke im Polizeigriff abzuführen. Der Gehstock der Gurke lag auf dem Boden, er war ihr von den Karotten entrissen und achtlos hingeworfen worden. Nichts sollte mehr an diese Gurke erinnern! Aeneas persönlich bückte sich, nahm den Gurken-Krückstock auf und warf das Eigentum der Gegnerin als Trophäe in den Saal. Das Publikum jubelte und brüllte, und wie von Aeneas erhofft, balgten sich ein paar halbstarke Früchte vergnügt um den Stock. Die Stimmung war gut! Die Leute waren von einer herrlichen Aggression ergriffen. Aeneas nutzte die Augenblicke, um sich wieder zu sammeln. Er musste seine Redepause ein wenig verlängern, damit die ohne Gurke zurückkehrenden

Saaldiener vom Publikum ein weiteres Mal gewürdigt werden und Applaus für die Entfernung der Hetzerin bekommen konnten. Unglaublich war das! Da hatte ein Heilsbringer *Die einzige Art, wie ihr jetzt noch zu retten seid!* offenbart, und eine misslaunige alte Gurke wollte das sabotieren. „Gurken abmurksen!" schrie eine kleine Weintraube, und die drei noch im Saal anwesenden Gurken wünschten sich, sie wären nie zu dem Vortrag gekommen. „Gurken abmurksen!" skandierten plötzlich einige jugendliche Kartoffeln und suchten mit gefährlichem Blick nach weiteren Gurken unter den Zuhörern. Aeneas lächelte milde. Sein Lachen war ihm ins Gesicht eingebrannt. Recht hatten sie, die jungen Leute. Aber noch waren die Gurken nicht reif. Aeneas wollte erst versuchen, auf seine freundliche Art die wenigen Zweifler von seiner Bedeutung zu überzeugen. Sogar die Gurken sollten an ihn glauben. Aber es waren wirklich miese Verbrecher! Jeder erkannte sie schon von Weitem an ihrem schwankenden Gang. Warum konnten diese Gurken nicht einfach beim Laufen alle entzweibrechen und sich selbst entsorgen? Dann hätte Aeneas ein Problem weniger zu lösen. Sicher war: Aeneas verfügte jetzt über eine Gefolgschaft. Das hatte er sich gewünscht. Bald würden alle an ihn glauben, und bei denen, die gar nicht wollten, würden die Kartoffeln nachhelfen. Der vorstehende Nagel wird eingehämmert – so hieß es in einem japanischen Sprichwort. Schon bald würde kein Nagel mehr hervorstehen, freute sich Aeneas. Die jungen Kartoffeln hielten sich in angespannter Bereitschaft und wünschten sich nichts sehnlicher von Aeneas als den Befehl, endlich hemmungslos draufhauen zu dürfen und dafür belobigt und befördert zu werden.

Weitere Korrekturen im Lebenslauf – mit Blick auf Abstammung und Ausbildung

Nachdem Aeneas so erfolgreich geworden war, war ihm der Nachname Fieberbaum auf einmal nicht mehr genug. Plötzlich kam ihm dieser Name sogar höchst banal vor. Geistig hochstehend, gewieft, gerissen und wortgewandt – das war nach eigenem Ermessen Aeneas Fieberbaum. Aber würde das jeder andere, der es nicht wissen konnte, beim ersten Hören des Namens sofort erkennen? Auf einmal drängte sich Aeneas die Frage auf: Warum hatte Aeneas Fieberbaum keinen Adelstitel? Die Erklärung war einfach: Weil eine Ananas keinen Stammbaum hat, konnte Aeneas keinen Adelstitel führen. Aber musste das so sein? War es immer so und sollte es so bleiben? Eine noble Frucht wie Aeneas sollte über einen Adelstitel verfügen, allein deshalb, weil er es verdient hatte. Auf mehr kam es dabei nicht an. Den Völkern würde es leicht zu vermitteln sein, dass er einen Anspruch darauf hatte. Jedem würde so klar – ohne dass Aeneas es dauernd würde sagen müssen –, dass seine vornehme, ehrenvolle Familie eine lange Tradition hatte. Fortan nannte er sich Aeneas von Fieberbaum. Mit viel Aufwand erfand er sich einen Stammbaum, der so kompliziert war, dass ihn niemand auf Echtheit ernsthaft würde überprüfen können oder wollen. Als irgendwann in einem Lokalblatt das Gerücht gestreut wurde, Aeneas von Fieberbaum habe eine Mango unter seinen Vorfahren, ließ er die gesamte Redaktion in einer Nacht- und Nebel-Aktion von einem gemieteten Karotten-Schlägertrupp entführen und in seinem Gewächshaus einsperren. Danach war Ruhe, und alle verinnerlichten, dass Aeneas von Fieberbaum immer so geheißen hatte. Von den Redaktionsmitgliedern hieß es zunächst, sie seien von Menschen gefangen genommen und in einem Supermarkt zur Auslage dargeboten. Ganz sicher war, dass dort keine Frucht nach ihnen zu suchen wagen würde, nicht einmal aus dem engsten Kreis der Familie. Nach einer Weile aber waren sie vergessen, und als Aeneas sicher war, dass niemand mehr nach ihnen fragen würde, ließ er die Redakteure – zwei Gurken, eine Banane und eine Zitrone – von ein paar kampferprobten Karotten zerstampfen, verquirlen und aromatisieren und als Fasern der Piña Colada untermischen. Die Piña Colada trank er aus einem goldenen Kelch auf die Bruderschaft mit seinen Getreuen, den Karotten. Diese verrichteten für solche kleinen Belohnungen gern die groben Arbeiten. Zudem hatte Aeneas ihnen versprochen, dass er eines Tages die Herrschaft über alle Früchte erlangen werde und dann die treuen Karotten mit besonderen Ämtern und Würden auszeichnen werde.

Kaum hatte er sich an seinen Adelstitel gewöhnt, fiel Aeneas ein, dass er einen akademischen Titel brauchte. Er hatte davon gehört, dass es einmal unter den Menschen einen Diktator gegeben habe, welcher seine Frau, die mit nur vierzehn Jahren die Schule verlassen hatte, mit einem Doktortitel ausgestattet und zur Chemikerin ernannt hatte. Das alles war gelungen, obwohl die Frau des Diktators gar keine Chemikerin gewesen war. Aeneas überlegte sich, dass es für das Volk wichtig sein könnte, dass es von aus seiner Sicht gebildeten Leuten beherrscht wurde. Bildung war unumgänglich. Aeneas wollte kein geistloser Diktator mit einem erschwindelten oder gekauften Titel sein. In der Tat war die Ananas sehr belesen. Unter den meisten anderen Früchten fühlte sie sich oft gedanklich massiv unterfordert. Aeneas war wirklich nicht ganz dumm, aber eine Ananas genießt eben normalerweise keine Schulbildung, und so war die Intelligenz des Aeneas nirgendwo dokumentiert. Mit dokumentierter Bildung wäre er vollkommen unantastbar, da könnten selbst die im Lande noch vorhandenen Intellektuellen, überwiegend nutzlose Gurken, nichts mehr gegen ihn sagen oder schlecht über ihn reden. „Magister" hörte sich schön an. Der Sprachklang gefiel ihm: „Magister von Fieberbaum" sagte Aeneas einige Male laut vor sich hin. Es klang herrlich und edel. Im Handumdrehen gründete Aeneas eine Universität, von der er sich innerhalb von zwei Tagen den Titel erwarb. Einen Tag benötigte er zum Gründen der Hochschule, einen zweiten zum Schreiben seiner Magisterarbeit. Die Universität hatte ihren ersten Sitz in einem ehemaligen, inzwischen leerstehenden Tabakladen. Draußen war von den angenagelten Buchstaben, die das Wort TABAK gebildet hatten, das „T" verloren gegangen, so dass dort nur noch ABAK stand. Ohne finanzielle Mittel einzusetzen, gründete Aeneas die ABAK-Universität, die allein deshalb als Elite-Hochschule galt, weil sie die einzige war und ihr Name mit „A" begann – wie „Aeneas". Aeneas war sicher, dass er genau den richtigen Standort für eine Elite-Institution gewählt hatte, als er die Bedeutung des Worts „Abak" nachschlug: In zahlreichen Sprachen – so zum Beispiel im Polnischen, Tschechischen oder Albanischen – war „Abak" das Wort für das mechanische Rechenhilfsmittel, den Abakus. Aeneas besaß einen alten Abakus, mit dessen Hilfe er seine Berechnungen durchführte. Sogar die Wahrscheinlichkeit, dass er ein erfolgreicher Politiker werden würde, hatte er damit berechnet – und war auf 99 Prozent gekommen. Ohne die schönen Holzperlen an seinem Abakus konnte Aeneas überhaupt nicht rechnen. Seine Fähigkeiten mit dem eigenen Abakus gingen so weit, dass er sogar Quadrat- und Kubikwurzeln damit ziehen konnte. Wenn der Name ABAK kein gutes Omen für die neue Bildungsschmiede des Aeneas war! Sollte das kein gutes Omen sein, hätte in der Tat gar nichts mehr Sinn und Bestand, fand die gebildete Ananas. Die Magisterarbeit schrieb Aeneas direkt in der Nacht nach der Hochschulgründung. Er hatte mehr als genug Material dazu in seinem Zettelkasten. Der Titel der Magisterarbeit hieß „Vom Sinn und Wert der Diskussion mit Gurken". Von einer berühmten, leider aber armen und selten korrupten Gurke ließ Aeneas sich zum Preis einer Luxus-Transportbox bestätigen, dass alle seine Überlegungen stimmten, insbesondere die Grundthese, dass es sich mit Gurken nicht diskutieren ließ. Gleichzeitig bestätigte die Gurke dem Aeneas, dass ihm auf Grund dieser Leistung als erstem Absolventen der ABAK-Universität der Magister-Grad gebühre, dies selbstverständlich mit dem Zusatz summa cum laude. Das Fachgebiet des Aeneas war die Philosophie, das war klar. Er war jetzt der Herr Magister Aeneas von Fieberbaum. Wer von den vielen Völkern, die er beherrschen wollte, sich den genauen Namen nicht merken konnte, durfte ihn einfach mit „Herr Magister" anreden.

Wie Aeneas zum Herrscher aller Früchte wurde

Jetzt musste Aeneas nur noch dafür sorgen, dass er zum Herrscher aller Früchte gewählt wurde oder – falls das nicht möglich sein sollte – dass er die Macht an sich riss. Lieber als gewaltsam zur Herrschaft zu gelangen würde Aeneas gewählt. Er hatte, das musste jeder zugeben, die besten Voraussetzungen dafür, und damit war das Recht zu herrschen auf seiner Seite: Den Magister Aeneas von Fieberbaum zierte ein fast menschliches Antlitz, er verfügte über einen Vor- und einen Nachnamen, einen Adelstitel und einen akademischen Grad mit Auszeichnung. Aeneas hatte die ABAK-Universität gegründet, welche die erste und einzige im Land der Früchte war. Bisher war es so gewesen, dass es kein einheitliches Bildungswesen gegeben hatte. Die Gurkenschulen waren die mit dem höchsten Bildungsanspruch, und nahezu alle Gurken konnten lesen und schreiben. Die Birnen hingegen kannten gar keine Schulpflicht und waren fast ausschließlich Analphabeten. Die Zustände im Land der Früchte waren chaotisch, weil es ein Vielvölkerstaat war und keine Ordnung herrschte. Auch politisch waren die Systeme unterschiedlich – von einer Art Demokratie bei den Gurken über einen Kirchenstaat bei den Zitronen bis zu einem Fürstentum der Birnen mit einem Absolutheitsanspruch der jeweils amtierenden Birne. Anarchie herrschte bei den Avocados, wo es regelmäßig zu Bürgerkriegen zwischen gewöhnlichen Avocados und Gruppen marodierender Hass-Avocados kam. Durch die mangelnde Organisation und fehlende Einigkeit der Früchte hatte ihr größter Feind ein leichtes Spiel: Das war der Mensch, der die Früchte pflückte, ausriss oder einsammelte und in seine Supermärkte brachte, wo sie verkauft und schließlich ihrer Bestimmung zugeführt wurden. So erlebten sie ihr trauriges Ende, ihren sicheren Tod. Der Mensch verarbeitete die Früchte, und auf die eine oder andere Weise konnte er alle zu irgend etwas gebrauchen. So wurden sie vernichtet und nach und nach ausgerottet. Manche, die er in großen Mengen benötigte, wurden sogar vom Menschen künstlich vermehrt. Die natürlich gewachsenen Früchte fürchteten, dass der Mensch eine gefährliche Gruppe von Mutanten züchtete, welche eines Tages alle natürlichen Früchte angreifen könnten. Oder, was aus Sicht vieler Früchte mindestens genauso furchtbar wäre: dass vom Menschen entwickelte und modifizierte Frucht-Mutanten sich unerkannt unter die natürlich gewachsenen Früchte mischen könnten. Wären sich alle Früchte einig gewesen, hätten sie sich gemeinsam organisiert und sich dadurch vor den Menschen geschützt. Es waren sehr unsichere Zeiten, und viele Früchte sehnten sich nach Orientierung und Ordnung, vor allem aber wünschten sie sich nichts dringender als Sicherheit und Stabilität. Da kam Aeneas der Einfall, die Früchte unter einer großen, durchsichtigen Plastikfolie zu vereinen und so vor dem Zugriff der Menschen zu bewahren. Wichtig war, dass alle Früchte bedingungslos die Tatsache anerkannten, dass es allein Aeneas war, der ihnen Schutz bieten konnte. Über Nacht schrieb Aeneas sein Angebot im ganzen Land auf die Blätter der Bäume: „Magister Aeneas von Fieberbaum schützt Euch vor dem Menschen!" Neben das Versprechen drückte Aeneas einen Stempel mit einer Ananas mit lachendem Gesicht, die ihm sehr ähnlich war. Auch alle, die nicht lesen konnten, sollten erfahren, dass ausschließlich von Aeneas das Heil zu erwarten war. Dazu gab es einen Hinweis, dass jeder Einzelne, der in Zukunft vor den Menschen sicher sein wollte, sich am folgenden Tag unter dem größten Baum, einer alten Eiche, einzufinden habe. „Wer nicht kommt, wird dem Menschen ausgeliefert", hieß es zum Schluss, und für alle, die nicht lesen konnten, gab es eine Zeichnung, auf welcher deutlich zu erkennen war, wie ein paar militärisch uniformierte Karotten eine Schubkarre auf einen Menschen zufuhren: In der Schubkarre befanden sich eine heulende Orange mit einer zappelnden Gurke und ein paar kleinere Früchte wie Erdbeeren und Trauben. Das war erschreckend, denn wer hätte geahnt, dass es nicht nur darum ging, sich für Aeneas, sondern auch gegen die eigene Auslieferung zu entscheiden? Keiner hatte gewusst, dass es bereits eine militärische Gruppierung gab, die alle, welche nicht mitmachen würden, den Menschen übergeben würde! Tatsächlich war solch eine gefährlich aussehende Truppe bisher nicht gegründet worden, und Aeneas hatte sich die Karotten in Uniform als PR-Gag ausgedacht, damit deutlich wurde, dass er nicht allein war – und dass es zu ihm keine Alternative gab. Wie von Aeneas erwartet, waren die verschiedenen Frucht-Völker aus allen Landesteilen am folgenden Tag unter dem größten Baum versammelt. „Ich besitze eine riesige Plastikfolie, die wir gegen den Menschen über das ganze Land spannen können", rief Aeneas. Alle jubelten. „Nieder mit dem Menschen", brüllten ein paar Karotten. „Nieder mit dem Menschen!", sekundierten zwei Kartoffeln. „Nieder mit dem Menschen!", schrien auf einmal alle Früchte. Aeneas drehte sich den Völkern seitlich zu und sorgte damit dafür, dass Licht auf das Lachen fiel, das in sein Gesicht eingebrannt war. Er meinte, er sehe damit freundlicher aus. Dass alle

Früchte gegen den Menschen waren, war gut, aber es war nicht die Richtung, die er wollte. Das ganze dumme Obst und Gemüse sollte optimistisch für etwas sein, nicht dagegen. Die Stimmung muss stimmen, dachte sich Aeneas. Sie sollten erkennen, dass Aeneas ihr Retter, Beschützer und Erlöser war. Ihm sollten sie zujubeln. „Liebe Früchte", setzte er hinter seiner Flüstertüte zum Rufen an. „Ich freue mich sehr darüber, dass ihr alle verstanden habt, welche Gefahr vom Menschen ausgeht! Ihr seid vernünftig, vorsichtig und keinesfalls sorglos. Ich brauche euch also nicht mehr zu warnen. Denkt aber bitte daran, dass ich allein der Besitzer der Plastikfolie bin, die wir über das ganze Land spannen werden, damit der Mensch uns nicht mehr fassen und fangen kann!" Eine verliebt aussehende Kirsche rief mit spitzem Mund: „Aeneas!" und winkte ihm zu. „Ich bin Magister von Fieberbaum", korrigierte Aeneas ärgerlich, und plötzlich wurde im Chor skandiert „Ma – gis – ter! Ma – gis – ter! Ma – gis – ter! Ma – gis – ter!" und dazu geklatscht. Aeneas nickte gnädig. So war es richtig. Er war es, der handeln wollte und dem dafür Anerkennung gebührte. Kaum hatte er seine eigene Idee ausführlich gelobt, den Beifall erneut genossen – da meldeten sich schon wieder die ersten Zweifler. Aeneas hätte es kommen sehen müssen, dass irgendeine Gurke glaubte, eine Wortmeldung machen zu müssen. Nichts konnten diese Versager unkommentiert lassen! Aeneas wurde wütend darüber, sein Fruchtfleisch färbte sich sogleich bedenklich weiß. War es wirklich nötig, dass es jetzt noch einer wagte, etwas in Frage zu stellen und zu meckern? Die dürre Gurke, sekundiert von einem wichtigtuerischen Wirsing, warf ein: „Wie wird die Sonne auf die Plastikfolie reagieren? Wir brauchen die Sonne zum Wachsen und zum Leben." „Entschuldigen Sie sehr", entgegnete Aeneas schmallippig und beleidigt. „Sie werden sich vorstellen können, dass meine Wenigkeit die Sonne dringender braucht, um ordentlich zu reifen als eine krumme Gurke! Ich habe natürlich an alles gedacht. Selbstverständlich kann die Sonne jeden Einzelnen von uns ganz genau durch die Folie sehen. Wie bekanntlich jeder weiß, ist die Sonne unsere beste Freundin. Wir alle brauchen sie. Die durchsichtige Folie wird dafür sorgen, dass die Sonne uns mehr wärmt als je zuvor. Sie wird uns noch besser gedeihen lassen, als es ohne Folie der Fall ist. Alles wird viel besser werden, als es jetzt ist! Und das Wichtigste ist: Der Mensch, der unser größter Feind ist, kann uns nichts mehr tun. Gar nichts mehr kann der verdammte Mensch gegen uns ausrichten, weil ich es nicht zulasse! Der Magister Aeneas von Fieberbaum verhindert auf alle Zeit mit seiner Folie die Verbrechen des Menschen!" Alle klatschten und riefen noch viel lauter als zuvor: „Ma – gis – ter! Ma – gis – ter! Ma – gis – ter! Ma – gis – ter!" Plötzlich ergriff Aeneas die Sorge, dass jemand fragen würde, wie der Regen, der genauso dringend wie die Sonne gebraucht wurde, durch die Folie zu den Früchten kommen sollte. Leider besaß Aeneas keine Folie, die winzige Löcher hatte, um den Regen durchzulassen. Erst jetzt fiel ihm ein, dass die Früchte, die Stacheln oder Dornen hatten, seine Folie erst in mühsamster Feinarbeit würden perforieren müssen, bevor sie gespannt werden könnte. Damit niemand diese gefährliche Frage stellte, während alle vereint jubeln sollten, rief Aeneas vorbeugend in Richtung des Wirsings und der Gurke: „Entschuldigen Sie doch bitte sehr, aber Leute, die nur meckern wollen, sind in diesen großen Zeiten nicht gefragt. Ewige Bedenkenträger und Fortschrittsbremser wie Sie können wir hier nicht gebrauchen!" Die sollten endlich abhauen, diese Hetzer und potenziellen Rädelsführer! Als er sah, dass die Gurke erneut zum Sprechen ansetzte, rief Aeneas: „Sticht Sie der Hafer? So gehen Sie doch endlich, bevor wir Ihnen Beine machen!!!" Letzteres schrie er aggressiv und mit drei Ausrufzeichen. Aeneas wünschte sich nichts sehnlicher, als dass ihm endlich jemand zur Hilfe komme gegen die verfluchte Gurke. Jetzt fühlte er sich wie eine erbärmliche Ananas – wie sollte er denn eine lange Gurke und einen riesigen Wirsing allein verjagen? Die mussten weg, die sollten augenblicklich ausgeschaltet werden! Aber was konnte Aeneas nur tun? „Wir" hatte er gerufen, weil er hoffte, dass endlich jemand für ihn durchgreifen würde! Warum rührte sich keiner? Aeneas war nahe daran zu verzweifeln, und deshalb brüllte er, diesmal auffordernd: „Wir werden Ihnen jetzt Beine machen!" Wie herrlich vereint waren plötzlich die Völker, wie einig waren sich die Mitglieder der verschiedenen Frucht-Gruppen! Mit dem kollektiven „Wir" hatte Aeneas den richtigen Nerv getroffen. Das Glück war dem Herrn Magister Aeneas von Fieberbaum wieder hold. Verschiedene Früchte – es waren sogar einige als vollkommen pazifistisch geltende Litschis dabei – fielen gemeinsam über die Gurke und den Wirsing her und zermalmten die beiden zu Fasern, dabei weiterhin pausenlos „Ma – gis – ter! Ma – gis – ter! Ma – gis – ter! Ma – gis – ter!" rufend. Da war es, das große, einige „Wir"! Und Aeneas war der anerkannte Anführer. Er hatte zum ersten Mal als Magister erfolgreich befohlen. Erschöpft, aber zufrieden legte er sich am Abend in seine Box.

Beim Perforieren und Spannen der Folie

Nun wurde es Zeit, das große Projekt schnell umzusetzen. Als die ersten Stachelbeeren und Kastanien einrücken mussten, um die Folie zu perforieren, wurden einige der jüngeren aufsässig und wollten sich der Zwangsarbeit verweigern. Und das, obwohl Aeneas aus seiner eigenen Verwandtschaft als Erste einige tüchtige Ananas – mit der Aussicht auf hohe Prämienzahlungen – allein zu propagandistischen Zwecken als Vorarbeiter rekrutiert hatte. Dabei galten Ananas nicht als Früchte mit Stacheln oder Dornen, aber mit ihren grünen Zacken waren sie durchaus in der Lage, kleine Löcher in die Folie zu stanzen. Diese Ananas sollten zeigen, welch ein herrliches Vergnügen es war, an der großen Sache mitarbeiten zu dürfen und Teil der glücklichen Gemeinschaft zu sein. Es war nicht zu übersehen, dass sie entfernt mit Aeneas verwandt waren, obwohl Aeneas keine Ananas war. Jedem war klar, dass die Vorarbeiter-Ananas dem Magister Aeneas von Fieberbaum sehr ähnlich sahen. Dass die eigene Verwandtschaft sich zum Arbeiten angeblich nicht zu fein war, sollte belegen, dass es als Ehre aufzufassen galt, beim Perforieren der Folie mitmachen zu dürfen. Dennoch wollten einige einfach nicht freiwillig zum Gemeinwohl beitragen. Aber da verstand Aeneas keinen Spaß: „Arbeitsscheues Gesindel brauchen wir nicht! Solche Leute wollen uns im Kampf gegen den Menschen zurückhalten", erklärte er dem Frucht-Volk über das Radio. Die Verweigerer warf er in seine Plastikbox, schrieb mit gelbem Filzstift „Supermarkt" darauf und lieferte sie dem Menschen aus. Die Arbeitsverweigerer wurden nie wieder gesehen. Als sehr bedauerlich empfand Aeneas den Verlust seiner Plastikbox. Weil es sich bei den Früchten mit Stacheln und Dornen nur um einige Minderheiten handelte, die ohne Entlohnung für das große Ganze arbeiten mussten, verbreitete sich der zeitweilige Unmut nicht unter allen Völkern. Im Gegenteil: Einige Kartoffeln und Karotten meldeten sich sogar freiwillig als Aufseher und Qualitätskontrolleure, obwohl sie eigentlich gar nichts hätten leisten müssen. Aber ihre Freude darüber, dass Aeneas die eingewanderte Antillengurke, die Stacheln hatte, zum Arbeitseinsatz verpflichtete, war so groß, dass sie unbedingt dabei sein wollten. Aus Sicht der Kartoffeln und Karotten war es höchste Zeit, dass diese exotischen Gurken arbeiteten. Eine lila Karotte dozierte: „Das sind Schädlinge, die nur Krankheiten einschleppen und nichts leisten wollen. Gut, dass unser Herr Magister die endlich zur Arbeit zwingt!" „Euch wollen wir mal genauer unter die Lupe nehmen", lachte eine dicke Kartoffel in Richtung der kleinen Gruppe eingeschüchterter Antillengurken. Dabei zog die Kartoffel ihre Lupe aus der Tasche und richtete sie auf eine der Antillengurken, bis die Sonne durch die Linse direkt auf die Gurkenhaut schien. Die Sonnenstrahlen erzeugten einen Lichtfleck. Plötzlich qualmte es, und auf der Schale der Antillengurke begann sich ein Brandloch zu bilden. Verschreckt sprang die Gurke zur Seite. Die Kartoffeln lachten laut. „Nun zeigt mal, dass ihr nicht nur Schmarotzer seid! Los, an die Arbeit! Faules, fremdes, freches Gurkenpack!" Aeneas lächelte. Durch den freiwilligen Einsatz der Karotten und Kartoffeln wurde eine ebenso gründliche wie dauerhafte Überwachung sichergestellt. Es war Aeneas recht, dass er selbst dabei sauber bleiben konnte, während andere die Arbeiter beaufsichtigten und rau behandelten. Manchmal gab Aeneas vor, mäßigend einzugreifen. Freundlich lächelnd rief er den Wache schiebenden Kartoffeln in höflichstem Ton und mit liebenswertester Stimme in moderater Lautstärke zu: „Oh, gemach, gute Leute! Nicht immer ganz so streng sein. Eine kleine Pause hier und da darf schon mal sein!" Er meinte es nicht ehrlich. Natürlich gab es keinen Grund dafür, dass diese faulen Taugenichtse dauernd Pause machten. Im Gegenteil: Aeneas freute sich sehr, wenn die Kartoffeln die Arbeiter grob antrieben. Gern sah er es, wenn die Kartoffeln willkürlich brutal wurden und ihm Gelegenheit gaben, als gütiger Herrscher freundlich zur Mäßigung zu mahnen. Indirekt, aber mit voller Absicht, hatte Aeneas einigen perfiden Karotten, die tückisch und gründlich Aufsicht führten, sogar einen Tipp gegeben, wie die Antillengurken besonders bösartig gequält werden könnten. „Liebe Leute", hatte Aeneas gesagt, „passt gut auf, dass die Antillengurken sich bei der Arbeit nicht verkühlen. Sie sind gegen niedrige Temperaturen intolerant." Es war aber Sommer, so dass die Temperatur für die Antillengurken genau richtig war. Und so fuhr Aeneas unmittelbar anschließend fort: „Tüchtige Leute, ich habe euch einen Kühlschrank aufs Feld gestellt. Darin findet ihr gekühlte Piña Coladas gegen den Durst." „Ganz herzlichen Dank, Herr Magister von Fieberbaum", grinste hinterhältig die lila Karotte. Sie hatte verstanden: Neben der Aufbewahrung des gekühlten Erfrischungsgetränks für die Arbeiter diente der Kühlschrank dazu, renitente und arbeitsunwillige Antillengurken zu unterkühlen – und auf diese Weise zu disziplinieren. So musste der Magister Aeneas von Fieberbaum sich die Hände nicht schmutzig machen, und es blieb von ihm für die Öffentlichkeit der Eindruck, den er zu vermitteln wünschte: Der Herrscher von Fieberbaum war zwar streng, aber gerecht. Weil alle gesehen oder zumindest davon gehört hatten, dass die Kartoffeln schon manchen grundlos püriert hatten, traute sich niemand, schlecht zu arbeiten. Die Karotten nutzen die erste sich bietende Gelegenheit, eine aus ihrer Sicht absichtlich langsam arbeitende Antillengurke ins Eisfach des Kühlschranks zu legen. Als das halbtote Gemüse eine Viertelstunde später aus dem Gefrierfach geholt und wieder nach draußen zum Arbeiten geworfen wurde, verdoppelte sich das Arbeitstempo. „Noch jemand da, der sein Mütchen kühlen möchte?", fragte die lila Karotte. Hämisch grinsend fügte sie hinzu: „Gibt es hier sonst vielleicht noch irgendwen, der lieber Löcher in die Luft starren als in die Folie stanzen will?" Alle Früchte schwiegen und arbeiteten ebenso angestrengt wie rastlos an der Folie weiter. Nach vier Tagen war die ganze Folie perforiert. Anschließend war schnell klar, dass Aeneas einen Zwangsdienst anordnen musste, bei welchem jede reife Frucht einberufen würde, um die Plastikfolie zu spannen. Das Land war einfach zu groß. Daran, dass alle würden mitarbeiten müssen, hatten viele nicht gedacht. Ein paar aufsässige Erbsen, die nicht arbeiten wollten, obwohl es doch um den Schutz der Gemeinschaft ging, wurden von einem wütenden Kartoffel-Mob zertreten, ohne dass Aeneas die erregten Erdäpfel dazu auffordern musste. „Verräter! Wollt ihr uns dem verfluchten Menschen opfern?", schrie eine dicke Kartoffel und überrollte augenblicklich hundert unbeteiligte Erbsen, die sich bloß fleißig zum Arbeitseinsatz hatten melden wollen. Der Vorfall reichte aus, um dafür zu sorgen, dass keine Frucht mehr die Arbeit am Spannen der Plastikfolie verweigerte.

Aeneas tat es ein bisschen leid um die kleinen Erbsen-Kadaver, die überall tot herumlagen. Er überlegte, ob er sie für Piña Colada verquirlen und verwerten könnte. Die Kartoffeln waren aus Sicht des Aeneas in ihrer Spontaneität zu grob und unbeherrscht. „Aber in der Sache haben sie prinzipiell Recht", dachte Aeneas laut vor sich hin. Bummler mussten beseitigt werden! Aeneas war für die Unterstützung durch die dicke Kartoffel dankbar. Nebenbei hatte es leider einen kleinen Kollateralschaden gegeben. Das konnte schon mal passieren. Das eingebrannte Lachen in Aeneas' Gesicht prägte sich stärker aus. Aus seiner Sicht lief das Projekt ausgezeichnet. Innerhalb von zwei Tagen war alles geschafft. Jetzt war es an der Zeit, dass Aeneas bei einer kurzfristig angesetzten Pflichtversammlung von allen Früchten einstimmig für seine Leistungen gelobt wurde. Auch das war viel leichter, als Aeneas es sich zu erträumen gewagt hatte. Zwei Karotten, die Aeneas oberflächlich kannte, weil sie ihm einmal Farbe geliehen hatten, um sein eigenes Gelb zu intensivieren, brüllten: „Der Herr Magister, der uns vor dem Menschen gerettet hat, soll uns leiten!" „Leiten! Leiten! Leiten", stimmten fast alle ein. „Wer ist dagegen?", fragte lauernd und in drohendem Ton die dicke Kartoffel, an der noch Erbsenpüree klebte. Triumphierend schaute sie in die Runde. „Hör auf, so blöd zu glotzen", fuhr die Kartoffel eine betroffen schweigende Pflaume an. Die Pflaume entschloss sich sofort, zweimal zaghaft „Leiten!" mitzurufen, um der dicken Kartoffel ängstlich zu beweisen, dass sie keine Außenseiterin war.

Ein allseits wegen seiner Weisheit und seines hohen Alters anerkannter Apfel warf ein: „Es wäre gut, wenn wir ein wenig Bedenkzeit hätten. Es muss nicht immer alles sofort entschieden werden." Die dicke Kartoffel hatte nicht erwartet, dass vom geachteten alten Apfel ein ruhiger Widerspruch käme. Verblüfft und gleichzeitig unsicher darüber, was nun zu geschehen habe, schaute die Kartoffel auf Aeneas. Der war stark verärgert. „Sie haben wohl die Weisheit mit Löffeln gefressen", bemerkte er höhnisch in Richtung des Apfels. Ein paar Kartoffeln hielten brüllend vor Lachen ihre Suppenlöffel in die Höhe, einige begannen, mit ihren Löffeln gegen die Wand zu schlagen und dabei zu schmatzen. Die Stimmung entwickelte sich zu Ungunsten des alten Apfels, der sich bereits Hilfe suchend umschaute, ob es unter all den anwesenden Früchten vielleicht eine gäbe, die seine Meinung teilte. Außer den wild werdenden Kartoffeln rührte sich niemand. Keiner hatte vor, statt für den strahlend gelben Aeneas für einen schwachen alten Apfel Partei zu ergreifen. Aber das durfte nicht alles sein! Aeneas konnte es jetzt nicht mehr dabei bewenden lassen, dass der alte Apfel mit bloß einem Tadel davonkam. Nun musste Aeneas handeln, denn so viel sinn- und grundloser Widerspruch schlug dem Fass den Boden aus. Erbost rief Aeneas dem Apfel zu: „Du bist dagegen, dass wir endlich dem Mord an den Früchten ein Ende setzen? Wag es nicht, du verrückter alter mehliger Kerl! Du Menschenfreund! Dein einziges Verdienst ist es, dass dich noch keiner gegessen hat! Ganz verschimmelt und vertrocknet siehst du aus! Deshalb hast du überlebt, während Jüngere gehen mussten! Nichts hast du zum Gemeinwohl beigetragen, du wurmstichiger Wutbürger!" Der Apfel wurde sogleich von zwei kräftigen jungen Karotten festgenommen. Am Abend würde er von Aeneas in die Presse gesteckt und zu Zeitungspapier verarbeitet werden, weil er zu alt war, um ihn der Piña Colada unterzumengen. Das war klar, dass der nichts weiter war als ein alter Zankapfel, der bloß Unruhe stiften wollte. Trotzdem ließ der überraschende Widerspruch Aeneas keine Ruhe und machte ihn nervös. Aeneas rief: „Sonst noch etwas zu melden, goldener Apfel der Zwietracht?" Der Apfel schwieg und schaute betreten zu Boden. Alle anderen lachten, weil es gar zu lustig war, dass Aeneas den vertrockneten Apfel als „golden" bezeichnete. Kaum etwas traf weniger auf den alten Kerl zu als das. Der Magister hatte in der Tat einen feinen Sinn für Humor. Sein rigoroses Handeln gegen den Apfel erklärte Aeneas für alle Anwesenden ganz deutlich und verständlich: „Bereits in der Bibel gilt der Apfel als verbotene Frucht! Er ist das Symbol der Sünde!" Aeneas war froh, dass es ihm nachträglich eingefallen war, dass der Apfel seit Jahrtausenden als Ehrloser galt und deshalb sein Widerspruch grundsätzlich nicht anerkannt zu werden verdiente. „Lasst euch nicht von solchen Kadavern hinters Licht führen, liebe Leute", sagte Aeneas überlegen, aber freundlich. Durch Aeneas' beherztes Handeln und die eingängigen Erläuterungen zur Person des Apfels fühlte die dicke Kartoffel sich ermutigt und in ihrer Anhänglichkeit an den richtigen Herrscher bestätigt. „Noch jemand ohne Fahrschein?", plärrte sie, siegestrunken und zum Zuschlagen bereit in alle Richtungen blickend. „Also ganz sicher keiner mehr dagegen, dass der Herr Magister uns leitet?" Nichts war zu hören, aber einige Früchte, besonders sichtbar die Birnenfürstin mit ihrem Volk, zogen sich lautlos zurück. Eines aber war endlich geklärt: Aeneas war der Herrscher der Früchte. Er war derjenige, der die Folie hatte spannen lassen. Aeneas nickte der gewaltbereiten Kartoffel huldvoll zu.

Klein Zaches genannt Zinnober – eine Hymne musste her

Als belesener Ananas waren Aeneas die Kunstmärchen von E.T.A. Hoffmann sehr vertraut. Am besten gefiel Aeneas das Märchen von Klein Zaches genannt Zinnober. Hier ging es um ein hässliches Wechselbalg. Wer kannte heute das Wort noch? Aeneas bezweifelte, dass es überhaupt gebraucht werden dürfe, weil es natürlich nicht politisch korrekt war. Ein Wechselbalg war – wie der Name schon sagte – ein ausgewechseltes Kind, abgewertet eben ein Balg. Eines, das einer jungen Mutter, der man das eigene Kind weggenommen hatte, als das vermeintlich ihre untergeschoben wurde. Der ausschließliche Zweck eines Wechselbalges ist es, die Menschen zu verärgern und ihnen zu schaden. In früheren Zeiten glaubten die Menschen sogar, diese Wechselbälger seien die Kinder von Hexen oder Teufeln. Der Klein Zaches von E.T.A. Hoffmann ist ein solches Wechselbalg und macht unter dem Namen Zinnober eine außergewöhnliche Karriere. Warum sollte das nicht einer Ananas auch glücken, wenn sie nur einen ordentlichen Namen führte: Ananas genannt Herr Magister Aeneas von Fieberbaum. Für einen Hochstapler hielt Aeneas sich keineswegs. Die literarische Figur des Klein Zaches war sogar in Jacques Offenbachs Oper „Hoffmanns Erzählungen" mit dem Lied von Klein Zack vom Hof von Eisenack verarbeitet worden. Dies brachte Aeneas auf die Idee, dass auch er ein Lied zu seinen Ehren benötige. Dieses Lied durfte natürlich nicht so negativ und peinlich sein wie die Ballade von Klein Zack, über den man sich nur lustig machte. Im Gegenteil! Es hatte dem Aeneas gegenüber Achtung auszudrücken und sollte seiner würdig sein.

Eine Hymne zu Ehren des Aeneas musste es geben. Warum sollte er nicht auf etwas zurückgreifen, das es bereits gab? Aeneas entschloss sich, das Lied „Ananas aus Caracas" von Vico Torriani zur Hymne zu machen. Ihm persönlich war es ein wenig zu simpel, denn er hätte lieber etwas Getragenes gehabt. Aber dem Volk sollte es gefallen, und deshalb musste es etwas Lustiges sein. Den fröhlichen Refrain würden selbst die Dümmsten vergnügt mitsingen können:

Olé, olé, kauft Ananas
Olé, olé, aus Caracas
Olé, olé, kauft Ananas
Olé, olé, olé, oléi, aus Caracas

Wichtig war, dass immer und überall, bewusst oder unbewusst, die Identifikation mit der Ananas erforderlich war. Obwohl der Magister Aeneas von Fieberbaum keine Ananas war, sondern viel mehr als das und vor allem einzigartig. Lediglich entfernt verwandt war er mit dem Stamm der Ananas.

Die Birne Helene

Aeneas wünschte sich weit mehr als bloß den Rückhalt in der Bevölkerung. Er sehnte sich danach, geliebt und geachtet zu werden, und wollte nicht, dass die unterworfenen Früchte ihn als gemeinen Diktator oder Usurpator wahrnahmen. Außerdem sollte Friede unter den Völkern sein, damit Magister von Fieberbaum stabil regieren konnte. Die von Aeneas verordnete Freundschaft unter den Früchten funktionierte fast. Nahezu alle Völker hatte er für sich gewonnen, aber nur das große Volk der frommen Birnen hatte ihn bisher nicht eindeutig akzeptiert. Das lag am Oberhaupt der Birnen, der fetten Birnenfürstin, die ebenso rechthaberisch und autoritär wie gehässig war. Die Birnen aber beteten ihre Fürstin an wie eine Heilige. Die Birnenfürstin hatte sowohl ihre Herrschaft als auch ihren unermesslichen Reichtum geerbt, und so hatte keine Birne jemals etwas anderes gelernt, als die jeweilige Fürstin als Heilige zu verehren. Die Birnen waren ein unterjochtes Volk, ganz rechtlos und verblödet. Fast keine Birne war im Stande zu lesen oder zu schreiben. Den ganzen Tag waren die Birnen allein damit beschäftigt, simple, auswendig gelernte Reime aufzusagen, die nicht mehr als zwei Zeilen haben durften. Mehr konnten die Birnen sich nicht merken. Die Reime waren so geistlos wie die Birnen selbst, wurden von diesen aber für sehr poetisch gehalten. So hieß es: „Birne bin ich, Birne bleib ich, egal ob männlich oder weiblich." Oder „Birne gut, Birne fein, Birne niemals ganz allein." Wenn Aeneas die dummen Verse hörte, wurde ihm geradezu übel, dass so viel Verblödung gewünscht und möglich war. Aber das Birnen-Volk war seit Jahrhunderten autoritär geführt worden, und jede einzelne Birne hätte sich lieber vom Menschen essen lassen als sich abzusondern, um sich dem Staat des Aeneas anzuschließen. Aeneas sah keine andere Möglichkeit, als die beiden Herrschaftsbereiche – seinen und den des Birnen-Volks – durch Heirat zu vereinen. So warb er um die Fürstin der Birnen. Eine blasse Ananas wäre ihm lieber gewesen als diese von ihm verachtete Fürstin der intellektuellen Finsternis, aber bei Vernunftehen konnte niemand wählerisch sein. Mit der Aussicht auf ein noch größeres Reich gab die Birne dem Werben des Aeneas nach. Mit ihrer Heirat beschloss die Birnenfürstin, den Glauben an Aeneas zu verbreiten oder durch ihre Lakaien verbreiten zu lassen. Weil sie faul und bequem war, passte es ihr ganz gut, dass sie sich fortan um gar nichts mehr kümmern würde, und trotzdem ein größeres Reich als zuvor besäße. Die neue Birnen-Ehefrau mochte den Aeneas genauso wenig wie er sie, aber auch ihr war nur daran gelegen, ihre Macht zu mehren. Tagelang verbrachte sie im Bett und vertat ihre Zeit damit, sich kitschige Schicksalsromane vorlesen zu lassen. Sie träumte von einer Romanze mit einer goldenen Birne, die es nicht gab. Hätte sie sich als Liebhaber eine Birne erwählt, hätte diese aus purem Gold sein müssen. Wenn der Birne das Zuhören beim Vorlesen zu langweilig wurde – was immer sehr schnell geschah –, lud sie ein paar frische junge Kokosnüsse als erotische Stimulantia zu sich ins Bett ein. Anschließend ließ die Birne die Kokosnüsse zerschlagen und pflegte ihre Haut mit Kokosmilch. Die Birne hielt Kokosnüsse für ungewöhnlichen Luxus, weil sie weder Obst noch Gemüse, sondern zwar auch Früchte, aber eben Nüsse waren. Außerdem hatte sie gehört, dass Kokosöl gegen Pickel helfe, und die Birne wollte sich gegen Pickel schützen. So ließ die Birne die hochwertigsten Kokosnüsse töten, um deren Öl zu gewinnen. „Pickel tun mir nicht nötig," rief sie. Besonders stolz war die Birne darauf, dass an ihrem Stiel ein Blatt hing. Das war nicht bei jeder Birne so, und allen anderen Birnen, die von Geburt an zufällig ein Blatt an ihrem Stiel gehabt hatten, war dieses amputiert worden, damit die Fürstin einzigartig war und sich unter ihnen hervorhob. Sie beschäftigte sich oft tagelang damit, ihr Blatt zu polieren. Die Birne hatte zuvor – ganz wie die Ananas – keinen Namen außer dem für ihre Art gehabt. So hatte sie bloß Birne geheißen, mit dem Zusatz des geerbten Fürstinnen-Titels wurde sie „Fürstin Birne" gerufen. Aeneas schmeichelte ihr, indem er einen individuellen Namen für sie erfand. Er nannte sie Helene, weil sie als Landesmutter einen Namen haben musste. Das konnte die Birne verstehen, und sie freute sich sogar, dass nicht allein ihr Blatt, sondern nun zusätzlich ihr Name sie noch einzigartiger machte und sie unter allen anderen Birnen hervorhob. Ihr wäre eine solche Idee nie gekommen, weil sie jedes Nachdenken langweilte und ablehnte. Das Birnen-Volk aber war begeistert. Einer seiner Dichter erfand sogleich einen Reim, den er vor den Birnen-Untertanen deklamierte:

Ich sage es allen frank und frei
und bleib dabei:
Birne Helene, herrliche Frau,
weiß für uns alle alles genau.

So gefiel es der Fürstin, das war sie gewohnt. Weil sie ungebildet war, verstand die Birnenfürstin den Birne-Helene-Witz des feinsinnigen Aeneas nicht. Aeneas verachtete seine Ehefrau dafür, dass sie so wenig belesen war. Viel lieber hätte er eine blasse Ananas zur Ehefrau gehabt. Aber er musste jedes Mal lachen, wenn er mit zuckersüßer Stimme seiner Frau zurief: „Birne Helene, Ihre Haut ist wunderbar! Lassen Sie mich einen Kuss darauf drücken!" Die faule Birne drehte sich daraufhin langsam und blasiert dem Aeneas zu und ließ sich den Kuss gnädig gefallen. Denn zu ihrer Haut, die sie ausgiebig pflegte, konnten ihr gar nicht genügend Komplimente gemacht werden. Immer wenn Aeneas die gepflegte Birnenschale vorsichtig küsste, sich vorstellend, dass sich gleich wieder die

Kokosnuss-Liebhaber seiner Frau daran reiben würden, erfüllte ihn auch ein wenig Genugtuung: Mit dem Namen Helene hatte er das Schicksal der Birne ohne deren Kenntnis schon vorherbestimmt. Wenn er diese faule Birne nicht mehr brauchte, würde er das klassische Dessert Birne Helene aus ihr machen lassen, von dem sie selbst nie gehört hatte. Seine engsten Vertrauten wussten längst davon, und sein militärischer Berater, eine große Karotte, dachte sich, dass es nur eine Frage der Zeit sei, dass sie gemeinsam die Birne als Haute-Cuisine-Dessert verschwinden lassen würden. Die beiden Karotten, welche Aeneas zur Herrschaft verholfen hatten, waren inzwischen zum Leutnant und zum Major ernannt worden. Im Scherz rief Major Karotte manchmal Aeneas zu: „Soll ich Vanille-Eis besorgen und Schokoladensauce vorbereiten?" Das waren Zutaten, die für das Dessert Birne Helene benötigt wurden. Aber noch war es aus Aeneas' Sicht nicht so weit, sich der lästigen und anspruchsvollen Ehefrau, der niemand etwas recht machen konnte, zu entledigen. Er brauchte sie so lange, bis auch die letzte Frucht davon überzeugt war, dass der Fürstin und dem Birnen-Volk nichts Besseres hatte passieren können, als allein dem Regime des Aeneas unterstellt zu werden. „Heute Schokoladensauce für Sie, Magister Aeneas von Fieberbaum?", fragte beflissen im Beisein der Birne der Karotten-Major. Aeneas lehnte tückisch grinsend ab, und Helene klagte: „Ich habe Durst und will Eierlikör! Den soll Er mir sofort aus der Küche besorgen, Karotte!" „Eierlikör, sehr interessant," lachte Aeneas, sich vorstellend, dass das Birnen-Dessert in anderer Variante auch mit Eierlikör serviert werden könnte. „Was soll daran interessant sein?", entgegnete streitsüchtig die Birne Helene. Da mischte sich Major

Karotte höflich ein, um den sich anbahnenden Ehe-streit zu verhindern, und fragte: „Darf ich Ihnen auch Vanille-Eis dazu bringen?" Während die Birne das Eis schlecht gelaunt ablehnte, konnte Aeneas sich kaum halten vor Lachen, weil er wiederum an nichts anderes als das Dessert mit dem Namen Birne Helene denken musste. Der stolzen Birnenfürstin Helene hatte er zu seinem eigenen Vergnügen eingeredet, es sei sogar noch vornehmer, sich von den Untertanen Poire belle Hélène nennen zu lassen. Die Birne konnte weder lesen noch schreiben, aber wenn der französische Name ihr zu größerer Ehre gereichen sollte, wollte sie darauf bestehen.

Die Birne war eine gemeine und gewalttätige Herr-scherin gewesen. Ihre Untertanen hatten sich an harte, willkürliche und ungerechte Strafen gewöhnt. Außer-dem war sie unendlich habgierig und hatte ihren Leu-ten alles abgenommen, was diese ihrer Ansicht nach nicht benötigten. Das hieß, die einzelnen Birnen besa-ßen gar nichts und waren insgesamt ein völlig ver-armtes Volk, das sogar hungern musste. Die fette Fürs-tin konsumierte alles.

Schnell und bereitwillig fanden die Birnen sich in die neue Lage hinein, und wenn sie ihrer Fürstin trotz de-ren Bosheit treu ergeben gewesen waren, so feierten sie ihren neuen Herrscher Aeneas jetzt mit Inbrunst. Aeneas war berechenbar und strukturiert. Er quälte und verurteilte niemanden aus Bosheit und Langeweile, sondern nur diejenigen, welche sich ihm widersetzten. Sehr grausam konnte Aeneas werden, wenn er Wider-stand zu ahnen meinte, und besonders erbarmungslos wurde bestraft, wer einen Witz auf Kosten des Aeneas machte. Die Birnen konnten ihr Glück kaum fassen, plötzlich solch einen gütigen Herrscher bekommen zu haben, der sie nicht einfach an einem zufälligen Tag zu Hunderten zermatschte, weil es schneite, die Sonne schien oder es regnete oder weil er gerade aus einem anderen Grund schlechte Laune hatte. Die Birnen waren ein sehr einfältiges Volk, das über Jahrhunderte in seinem stumpfen und dumpfen Dasein gehalten worden war. Um einen politischen Witz zu machen, waren sie viel zu unerfahren. Sie waren außer sich vor Dankbarkeit, keine Konsequenzen überraschender übler Launen mehr ertragen zu müssen. Die Birnenfürstin hatte als Herrscherin ständig schlechte Laune gehabt. Der Hauptgrund dafür war der gewesen, dass sie chronisch faul war. Das dauernde Herrschen und Regieren war ihr zu viel Mühe gewesen. Den Dienst am Volk hatte sie nicht als Freude, sondern als Strafe wahrgenommen. Aus Überdruss und Überforderung mit der Arbeit hatte sie Tausende getötet. So war es ihr jetzt nur recht, dass Aeneas sich um die Geschäfte kümmerte und sie sich mit ein paar ihr nach dem Mund redenden Schranzen, den ihr schmeichelnden Kokosnuss-Liebhabern, ins Bett zurückziehen konnte. Aeneas hasste seine Frau, seit er sie das erste Mal gesehen hatte, und er freute sich darüber, dass ihr Ende nur eine Frage der Zeit war, die er bestimmen würde. Besonders stark zuwider war Aeneas der Glockenrock der Birne. Diesen gelben Glockenrock trug die Birne ständig, und er ließ sie noch dicker und mächtiger aussehen als sie es ohnehin schon war. Aeneas schwor sich, dass er alle Glockenblumen ausreißen und vernichten wollte, sobald er sich seiner Frau entledigt hätte. Der gelbe Glockenrock war das Insignium der Macht der Birnen, das seit Generationen vererbte Herrschaftszeichen. Durch das faule Herumliegen im Bett und auf dem Diwan verkam die Birne vollkommen zur Tonne, und sogar ihr eigentlich schmales Gesicht war mittlerweile voll und aufgedunsen. Sie hatte Aeneas alle Geschäfte und Befugnisse übertragen und war froh, dass sie endlich gar nichts mehr leisten musste. Weil die Birne täglich fetter wurde, musste der Glockenrock um einen gelben Stoffstreifen erweitert werden. Aeneas war es recht, dass seine Frau sich für nichts interessierte, weil er selbst so freie Hand beim Regieren hatte. An dem Tag, an welchem der Glockenrock vergrößert werden musste, wurde Aeneas aber wieder weiß vor Zorn. Er schämte sich für seine Ehefrau, die Birne Helene, die nach Aeneas' Auffassung das Oberhaupt des dümmsten Volks der Welt gewesen war.

Die Niederschlagung des vermeintlichen Gurkenaufstands

Ein weiteres Volk, von welchem Aeneas gar nichts hielt, waren die Gurken. Das lag nicht nur daran, dass sie Gemüse und kein Obst waren, obwohl das natürlich einen Teil seiner Abneigung ausmachte. Im Reich des Aeneas war es vorgesehen, dass Obst mehr wert sein sollte als Gemüse, so dass es einige Zweifelsfälle gab, die durchaus nicht einfach zu lösen waren. Zum Beispiel bestand die Hass-Avocado darauf, ein Stück Obst zu sein, während Aeneas sie nur zu gern als Gemüse klassifiziert hätte, weil es Gemüse bloß in Ausnahmefällen gestattet war, eine Stelle in Staatswesen zu besetzen. Hartnäckig bewarben sich Hass-Avocados als vermeintliches Obst um wichtige Posten im öffentlichen Dienst, wie zum Beispiel Justizhelfer oder sogar Richter, und für Aeneas wurde es von Tag zu Tag schwieriger, sie nicht zu berücksichtigen. Die unsympathischen und schwer einzuschätzenden Hass-Avocados wollte er aus dem Staatswesen fernhalten, weil von ihnen besetzte Schlüsselpositionen ihm Sorgen um die innere Sicherheit erzeugt hätten. Für Aeneas wäre es viel einfacher gewesen, sie mit der Begründung abzuweisen, dass sie Gemüse seien und Gemüse der Zugang zu Positionen im öffentlichen Dienst gesetzlich und grundsätzlich verwehrt sei. Es gab aus Sicht des Aeneas auch gutes Gemüse, das er bei sorgfältig geprüften Einzelfällen manchmal zu Obst ehrenhalber ernannte, damit die Genehmigung für Stellen im öffentlichen Dienst erteilt werden konnte. Mit Karotten konnte Aeneas durchaus etwas anfangen. Aus diesem Grund hatte Aeneas per Dekret alle Karotten zu Obst erklärt. Die Mehrzahl seiner Leibwächter bestand aus Karotten, weil diese als besonders treu und zuverlässig, vor allem aber anderen gegenüber als rücksichts- und erbarmungslos galten. Die grünen Gurken bildeten neben den Hass-Avocados eine Gruppe, die Aeneas gar nicht behagte. Man konnte ihnen nicht trauen. Am ärgerlichsten war es, dass viele Gurkenfamilien über Generationen mit der Produktion von Senf und Essig einen großen Reichtum angehäuft hatten und sie deshalb aus der Öffentlichkeit nicht wegzudenken waren – weder als Produzenten noch als Konsumenten. Aeneas' Frau, die Birnenfürstin, hätte niemals auf die Gurkenmasken verzichten wollen, die sie sich aus dem Gurkenshop liefern ließ. Mit der Birne Helene wollte Aeneas sich nicht anlegen. Wenn er den Gurkengeruch an ihr wahrnahm, war sie ihm noch mehr zuwider als sonst. Hassend schmeichelte Aeneas dann der Birne: „Herrliche Helene, Ihr betörender Gurkenduft könnte mich töten", und stellte sich dabei vor, wie seine Leute sehr bald die Birne und die Gurken töten würden. Noch brauchte Aeneas die Birne. Was die Gurken betraf, war er der Meinung, dass sie über viel zu viel gesellschaftlichen Einfluss verfügten, und irgendwelchen illegal im Untergrund organisierten Gurkentruppen hätte er von allen am ehesten zugetraut, dass sie versuchen würden, ihn zu stürzen. Allein aus diesem Grund erfand Aeneas einige offizielle staatliche Gurkenförderungsprogramme. Wenn begabte junge Gurken von seinen Stipendien lebten, würde er sie damit formen und geradebiegen können – in seinem Sinne. Es sollte keine krummen Gurken mehr geben. Wenn Aeneas mit Förderprogrammen die Kontrolle über die Gurken ausübte, würde es nicht zum Aufruhr kommen. Am liebsten aber hätte Aeneas alle Gurken in dem von ihnen selbst produzierten Essig einlegen lassen. Sie galten als intellektuell und aufsässig, und am problematischsten waren oft genau die Gurken, die außen gerade und gemäßigt aussahen, aber innerlich krumm und aufrührerisch waren. Das waren die Gefährlichsten, denen man ihre Bosheit auf den ersten Blick nicht ansah. Aeneas schätzte es, treu ergebene Helfer wie die Karotten hinter sich zu wissen. Mit den Karotten war der Umgang einfach. Sie stellten keine Fragen und machten ihre Arbeit ordentlich und genau nach Anweisung. War die Arbeit getan, freuten sie sich dankbar über jede organisierte Unterhaltung. Gern wurde mit vielen Piña Coladas gefeiert, die Aeneas auf Staatskosten verteilen ließ. Die Piña Colada war als Lieblingsgetränk des Magister Aeneas von Fieberbaum zum Nationalgetränk erhoben worden – mit frischer Ananas, Ananassaft, Kokosnusscreme und nicht zu wenig weißem Rum in dem zerstoßenen Eis: Der Cocktail Piña Colada wurde als gesund, bekömmlich und preiswert beworben. Es hieß, er sei ein stärkendes Getränk für das ganze Volk. Die Untertanen berauschten sich daran und tranken weit mehr als bloß gegen den Durst notwendig gewesen wäre. Niemand fragte, woher regelmäßig die große Menge an frischen Ananas kam, aus denen für den Cocktail der Saft gepresst wurde. Keiner konnte sich vorstellen, dass Aeneas dazu eigene Familienmitglieder bereitstellte, die ihren Wunsch am Anteil des großen Reichtums des Aeneas zu laut geäußert hatten. Seine Familie, bestehend aus zahlreichen neidischen Geschwistern und deren Abkömmlingen, verschwand nach und nach in den kostenlosen Piña Coladas. Dazu kamen arbeitslose Ananas, die zu gar nichts zu gebrauchen waren und den Staatsapparat belasteten, indem sie nichts produzierten, sondern nur Geld und vor allem Nerven kosteten. Aeneas seufzte oft: „Mit den arbeitsscheuen Ananas habe ich meine liebe Not! Es ist nicht normal, dass eine Ananas nicht arbeiten will." Aus seiner Sicht waren diese Ananas selbst schuld, wenn sie den ganzen Tag nichts anderes taten als darauf zu warten, dass sie verarbeitet wurden. Dem Aeneas von Fieberbaum machte keiner etwas vor. Der Vorrat an Ananas zur Piña-Colada-Produktion schien unerschöpflich. Die für das Getränk erforderliche Kokosnusscreme wurde aus den abgelegten Liebhabern der Birne gewonnen. Da die Birne der jungen Kokosnüsse regelmäßig schnell überdrüssig wurde, bestand an Kokosnusscreme für den Cocktail kein Mangel.

Sogar für die minderjährigen Früchte gab es eine Art von Piña Colada. Allerdings erhielten Schulkinder das Getränk ohne den Rum, der sonst in Strömen floss, um die erwachsenen Früchte willig und ergeben zu machen. Seine alkoholfreie Variante des Nationalgetränks ließ Aeneas als *Virgin Colada, Baby Colada* oder *Piñita Colada* in allen Schulen und Kindergärten ausschenken. Es handelte sich dabei stets um das gleiche alkoholfreie Gemisch, aber dass es drei Namen dafür gab, sollte den Variantenreichtum und damit den Reichtum des Staates belegen, in welchem es jetzt eine kosten- und angeblich bedingungslose Lebensmittel-Versorgung im Stil einer Schulspeisung für alle minderjährigen Früchte aus guten, das bedeutete Aeneas-treuen, Familien gab. Die Früchte, die zur Schule gehen durften, wurden versorgt. Gurkenkinder durften nicht mehr, Birnenkinder mussten nicht zur Schule gehen. „Das ist zwar streng, aber auch sehr vernünftig und gerecht", sagte Aeneas. Er sah es nicht ein, die Kinder der Gurken auf seine Kosten zu schulen und zu speisen und sich zum Dank dafür von deren Eltern verhöhnen und Andreas rufen zu lassen. Sollten die sehen, woher sie das Futter für ihre Brut nahmen! Bereits ausgebildete Gurken aus seinem Gurken-Stipendiatenprogramm würde er in einem Keller als Archivare verwerten, aber einmal musste ein mutiger, endgültiger Schnitt gemacht werden. Die Großzügigkeit gegenüber den Gurken fand ein Ende, als Aeneas allen Jung-Gurken den Zugang zu Bildung versagte. Endlich würden keine gebildeten Gurken mehr nachwachsen. „Ihr habt mir lange genug auf der Nase herumgetanzt! Jetzt ist Schluss damit", lachte Aeneas und spuckte verächtlich klebrigen Saft auf das Foto des frisch entlassenen Gurken-Direktors der Grundschule. Was die Birnenkinder betraf, war Aeneas der Ansicht, dass diese zu einem Idioten-Volk gehörten. „Dafür sind mir die Lehrer zu schade", rief Aeneas. „Ich werde nicht Perlen vor die Säue werfen!" Den Nachwuchs der Birnen fütterte er mit Kokosraspeln und Kokosmilch und ließ die kleinen

Birnen als Straßenreiniger ausbilden, wofür sie nicht lesen, rechnen oder schreiben können mussten. Dafür waren alle Wege im Reich des Aeneas gekehrt, und die Birnen waren mit ihrem Los zufrieden. Glücklich singend schoben sie ihre zierlichen Besen vor sich her.

Aeneas verbesserte auch die Gesundheitsversorgung der Früchte. Seuchen waren, seit der Magister Aeneas von Fieberbaum führte, gar nicht mehr aufgetreten. Durch eine Impf-Pflicht für Bananen hatte Aeneas sogar die tödliche Panama-Krankheit in den Griff bekommen, welche jahrelang Millionen von Opfern unter den Bananen gefordert hatte. Der Erreger war ein gefährlicher Pilz mit dem schönen Namen Fusarium Oxosporum, den die Bananen nur TR4 nannten. Er hatte die Bananen früher befallen und selbst nach dem Tod einer Bananenpflanze noch fünfzig Jahre leben können, um weitere Pflanzen qualvoll sterben zu lassen. Seit die Forscher an der ABAK-Universität eine Impfung entwickelt und Aeneas die Impf-Pflicht für Bananen eingeführt hatte, konnte TR4 ihnen nichts mehr anhaben. Besonders die Bananen waren deshalb gern bereit, über aus ihrer Sicht nur kleinere gelegentliche Einschränkungen der Meinungsfreiheit durch Aeneas hinwegzusehen. „Was haben wir von der Meinungsfreiheit, wenn wir alle durch die Krankheit dahingerafft werden?", fragte eine bekannte Bananen-Philosophin. „Gar nichts", ergänzte einstimmig der Ethik-Rat der Bananen, und fügte hinzu: „Es ist alles gut, was der Magister Aeneas von Fieberbaum für uns getan hat. Allein für die Ausrottung der furchtbaren Bananenkrankheit wollen wir ihm ewig dankbar sein. Der Herr Magister soll uns leiten." Die Bananen-Philosophin schlug vor, für den Magister von Fieberbaum den Ehrentitel TR5 zu erfinden, denn nur wer größer und mächtiger war als der aggressive Pilz TR4 hatte diesen besiegen können. Aeneas lehnte die offizielle Anerkennung des Titels TR5 ab, weil er skeptisch war, ob er mit einem schädlichen Pilz in Verbindung gebracht werden wollte. Einige seiner Feinde, wie zum Beispiel die Gurken, würden sich möglicherweise darüber lustig machen wollen. Unter sich aber durften die Bananen von Aeneas als TR5 reden, der den Pilz TR4 überwältigt hatte. Es schmeichelte Aeneas sogar, und gern war er bei den Bananen zu Gast und zeigte ihnen entspannt sein eingebranntes Lachen im Gesicht.

Die Bananen waren nur ein Beispiel von zufriedenen Früchten. Das ganze Frucht-Volk zeigte sich dankbar für die gute Versorgung durch Aeneas. Das Wichtigste war, dass die Früchte ordentlich versorgt waren. Jedenfalls die Guten – aus Aeneas' Sicht. Mit den Gegnern ging er ganz anders um! Die wurden püriert und mit künstlichem Ananas-Aroma in den Piña Coladas untergemischt, egal ob es Kirschen, Gurken oder Pilze waren. Es gab Brot und Spiele, und besonders die Karotten, die nicht nur die Leibwache, sondern auch die Führungspositionen sowie die meisten Soldaten in der Armee stellten, betranken sich oft bis zur Besinnungslosigkeit mit Piña Colada.

Dass die größte Gruppe an organisierten Widersachern ausgerechnet aus Gurken bestand, ärgerte Aeneas sehr. Wenn sie keine Staatsfeinde gewesen wären, hätte Aeneas die meisten Gurken als Lehrer oder Beamte gut gebrauchen können, weil sie in der Regel ausgezeichnet ausgebildet waren. Umso wütender machte es ihn, dass sie ihn nicht als Herrscher akzeptieren wollten. Sie stellten seinen Absolutheitsanspruch in Frage und provozierten mit dem Wunsch nach freien und geheimen Wahlen mit mindestens zwei Kandidaten, um sich zwischen denen zu entscheiden. Das war nicht die einzige unverschämte Forderung, sondern die Gurken verlangten sonst noch alles Mögliche, vollkommen Überflüssige, an das Aeneas sich nicht mehr im Detail erinnern konnte und wollte. Dabei hätte er den Gurken gern ordentliche Posten in seinem Staatsgebilde verschafft, wenn sie sich bloß in sein System eingefügt und zu ihm bekannt hätten. Aeneas brauchte ein paar kluge Früchte. Er war unglücklich darüber, dass er viele Beamtenposten mit den als wenig begabt geltenden Pfirsichen oder faulen Pampelmusen besetzen musste. Nachdenklich und gedankenverloren flanierte Aeneas die schöne Allee entlang, an deren Seiten links und rechts er Sonnenblumen hatte säen lassen. Die Blumen waren wegen des lang anhaltenden guten Wetters in der Sonne sehr stattlich und groß geworden. Da standen sie, herrlich und gelb, und jede, an der Aeneas vorbeilief, grüßte höflich durch ein kurzes Nicken des Blütenkorbes. Das Leben war schön, und Aeneas freute sich über all das, was er schon erreicht hatte. Als er sich jedoch der Innenstadt näherte, hörte er schon von Weitem Hilfeschreie, die aus der Richtung der Waschbetonkübel kamen. Die gelben und die violetten Stiefmütterchen, gepflanzt in Waschbetonkübeln am Stadteingang, riefen verzweifelt nach der Polizei, und langsam erschienen die ersten uniformierten Erdbeeren. Aber Aeneas hatte es zuerst entdeckt! „Unglaublich! Hilfe! Polizei!", kreischte mit sich überschlagender Stimme Aeneas: Extremisten hatten eine Hass-Kampagne gestartet und über Nacht Plakate auf die Waschbetonkübel geklebt. Darauf stand in greller grüner Schrift neben einem Foto von Aeneas zu lesen: „Aufstehen gegen Andreas Fieberbaum!" Andreas! Die Staatsfeinde hatten nicht nur das adelige „von" absichtlich ausgelassen, sondern wirklich Andreas geschrieben! Sein Name war Aeneas von Fieberbaum. Das Verbrechen war unfassbar! Dass so etwas überhaupt passieren konnte, brachte jetzt das Fass zum Überlaufen! Überhaupt fragte sich Aeneas, wo die Erdbeer-Polizei gewesen war, um diese ungeheuerliche Straftat zu verhindern. Hatten die etwa alle geschlafen? In der Nacht sollte die Polizei überall Präsenz zeigen. „Ihr faulen Erdbeeren, mieses Pack!", rief Aeneas den drei Polizisten zu. Aus dem Polizeipräsidenten und seiner Familie würde Aeneas Erdbeerbowle machen. Noch schlimmer als die Untätigkeit der Polizei war aber diese unglaubliche Blasphemie, diese bis vor wenigen Minuten unvorstellbare Tat, mit der auf allerniedrigste Art der Herrscher verhöhnt wurde. Aeneas' Fruchtfleisch verhärtete sich. Kalkweiß vor Zorn war er längst. Andreas Fieberbaum! „Das waren krumme Gurken!", heulten und wimmerten die Stiefmütterchen. Sie hätten es gar nicht sagen müssen. Aeneas war sofort klar gewesen, dass zu solch einer perfiden Tat nur die Gurken hatten im Stande sein können. Augenblicklich und mit sofortiger Wirkung verhängte Aeneas den Ausnahmezustand. Die Existenz seines Staates war akut bedroht. Die Gurken wollten ihn stürzen, dafür brauchte er keine Beweise. Und das Schlimmste war: Sie hatten ihn als Andreas Fieberbaum verspottet. Dafür würde er alle nur vorstellbaren Maßnahmen zur Gefahrenabwehr ergreifen. Das Recht war auf seiner Seite. Das war der lange befürchtete Gurkenaufstand.

Als Erstes ließ Aeneas die empörenden und beleidigenden Andreas-Fieberbaum-Plakate einsammeln und vernichten. Sodann wurden willkürlich auf Geheiß des

Aeneas einige Tausend Gurken verhaftet, weil sich die Rädelsführer trotz großer in Aussicht gestellter Belohnungen nicht zweifelsfrei ermitteln ließen. Die verhafteten Gurken ließ Aeneas umgehend an einem geheimen Ort schreddern und dem Beton für neue Sozialwohnungen untermischen. Anders als sonst hatte er die Sorge, dass es zu gefährlich würde, wenn das verarbeitete Gemüse in die Nahrungskette der anderen Untertanen gerate. Aeneas fürchtete, dass die folgsamen Früchte sich mit dem verbrecherischen umstürzlerischen Gedankengut der Gurken infizieren könnten. Aeneas ließ überall neue Plakate aufhängen, auf welchen der gütige Herrscher Aeneas von Fieberbaum mit freundlich lachendem Gesicht abgebildet war. Was auf dem Plakat verkündet wurde, war weniger freundlich: Es handelte sich um den Strafenkatalog mit den einzelnen Maßnahmen, die gegen diejenigen ergriffen würden, welche die Regeln des Ausnahmezustands nicht befolgten. Jetzt galt das Kriegsrecht. Die Gurken hatten es so gewollt. Sie hatten es zu wild und zu weit getrieben. Auf jede Gurke, welche die Sperrstunde missachtete, durfte sofort geschossen werden. Aeneas erklärte die Gurken ab sofort für vogelfrei, und selbst die kleinen Birnen schlugen in kurzfristig organisierten Gruppen mit ihren Besen auf jede Gurke ein, die ihnen über den Weg lief.

Wer gut war, der hatte auch Neider. Und Aeneas von Fieberbaum war ausgezeichnet, daran konnte kein Zweifel bestehen. Er beschloss, die Herausforderung anzunehmen. Viel Feind viel Ehr, so hieß es doch nicht umsonst. Die Gurken würden sich wünschen, sie hätten niemals eine freie Wahl verlangt! Als Feldherr von Fieberbaum würde er die Aufständischen niederschlagen lassen und dafür in die Geschichte eingehen. Was sollte diese Separatistenbewegung der Gurken? Ein demokratischer Gurkenstaat! Aeneas musste laut lachen. Was wollten diese kalorienarmen Schlankmacher, die fast nur aus Wasser bestanden? Lächerliche Gurkentruppe! Aber diese unglaublich feigen und heimtückischen Feindseligkeiten gegen Aeneas mussten endgültig ein Ende finden. Der Magister von Fieberbaum war zu lange zu gutmütig gewesen.

Vielleicht würde er sogar die Armee einsetzen. Alle Früchte mussten freiwillig in der Armee dienen; die Möglichkeit, das nicht zu tun und stattdessen einen Ersatzdienst zu leisten, sah Aeneas nicht vor. Jeder, der nicht alt, matschig oder mehlig war, musste die gelbe Uniform tragen, welche die Farbe des vollen Fruchtfleisches der Ananas hatte. Zusätzlich zur regulären Armee gab es ein kleines Privatheer, das aus hochwertigen, handverlesenen Karotten bestand, die auf Aeneas eingeschworen waren und eine Spezialausbildung genossen. Die Ausbildung war geheim, und die Karotten waren Geheimnisträger. Man erkannte die Spezialtruppen daran, dass es nur Karotten waren und sie außerdem auf den Köpfen grüne Helme trugen, die aus Stahl bestanden, aber Zacken hatten, so dass sie genauso aussahen wie die Hochblätter am Schopf der Ananas. Aeneas wollte die Kontrolle über die Leute, nicht bloß über deren Steuertreue oder deren gesetzestreues Verhalten wie die meisten Staaten. Die Kontrolle sollte absolut sein. In die Köpfe wollte er schauen. Ein Heer von Erdbeeren sollte ihm dabei helfen. Die Erdbeeren stellten den Großteil der Polizei. Der Hauptgrund dafür war der, dass Aeneas herausgefunden hatte, dass Erdbeeren noch mehr abwehrstärkendes Vitamin C als Orangen enthielten. Dazu waren sie in großer Menge vorhanden. Für den Polizeidienst wurden nur die besonders pflegeleichten Sorten eingestellt. Wenn Vitamin C die Abwehr stärkte und die Erdbeeren viel davon hatten, war es aus Sicht des Aeneas logisch, dass er für eine starke Abwehr von Feinden und anderen Gefahren viele Erdbeeren heranziehen musste.

Bevor es Einsätze gegen Gurken gab, bevor richtig losgeschlagen wurde, war Aeneas mit den Piña Coladas für die kleine private Armee gezielt großzügig, und auch weniger trinkfreudige Karottensoldaten wurden genötigt, mindestens zwei Piña Coladas zu trinken. Der Grund dafür war der, dass Aeneas die Cocktails vor dem geplanten Angriff mit Pervitin versetzen ließ, um seine Soldaten munter und ausdauernd zu machen, eben nur ein wenig aufzuputschen gegen den von ihm erdachten Feind.

Der neue Polizeichef, eine dunkelrote Erdbeere, hatte Aeneas lange vor einer pauschalen Verteufelung der Gurken gewarnt. Fast jedem war irgendeine Gurke bekannt, an der er nichts auszusetzen hatte und die vielleicht seit langen Jahren ein friedlicher Nachbar war. In einigen seltenen Fällen gab es sogar Gurken, die mit Früchten befreundet waren, die nicht zu ihrer Gattung gehörten. Das fand Aeneas besonders ärgerlich, weil er keine von seinem Standpunkt aus normalen Früchte gegen sich aufbringen wollte.

Aber es blieb Aeneas keine andere Wahl, als das ganze Gurken-Volk auszurotten. Es ging nicht an, dass hinter seinem Rücken von ihm als Andreas gesprochen wurde. Selbst nachwachsende Gurken, so hatte die Polizei ermittelt, hatten über Andreas Fieberbaum gesprochen. Das waren Kinder, die von der Schule ausgeschlossen waren, läppische Jung-Gurken, die ihn so beleidigten. Das konnte der Herr Magister Aeneas von Fieberbaum nicht auf sich sitzen lassen.

In der Nacht gab es von Aeneas veranlasste Ausschreitungen. Aeneas hatte ein paar Spezialisten aus dem Privatheer als Früchte unterschiedlichster Art verkleidet, damit nicht zu erkennen war, dass es nur Karotten waren, die als gezielte Provokateure eingesetzt wurden und Schlägereien anzettelten. Die militärischen Karotten hatten sich als Rettiche, Bananen oder Spargel angezogen. Eine stark verwachsene Karotte hatte sich sogar glaubwürdig als Apfel kostümiert. Der angebliche Apfel fiel durch besondere Brutalität auf, weil er sofort mit seinem Obstmesser zustach, während alle anderen die Gurken erst einmal mit Fäusten angriffen. Es sollte anfangs wie ein fairer Zweikampf aussehen, obwohl klar war, dass Gurken keine Kämpfer waren und sich nicht wehrten, weil sie der Ansicht waren, der Klügere gebe nach. Viele bezahlten diese noble Haltung mit ihrem Leben. „Feiglinge seid ihr!", hetzte die verwachsene Karotte, die als Apfel verkleidet war, und schlitzte zischend schnell ein paar Gurken auf. Am folgenden Morgen wurden 173 tote Gurken eingesammelt. „Ich verurteile diese Taten aufs Schärfste", sagte Aeneas und lachte dabei, denn das Lachen hatte er sich für alle Zeiten fest in sein Gesicht eingebrannt. „Wir werden die Täter finden und ihrer gerechten Strafe zuführen!" Der Magister von Fieberbaum dachte sich dabei: Brave Leute, ich danke euch sehr. Wo gehobelt wird, da fallen Späne. Er machte sich von dem Gedanken sofort eine Notiz für seinen Zettelkasten. Seinen Zettelkasten pflegte Aeneas nach wie vor. Er hatte mittlerweile zwar keine Zeit mehr, wichtige Pamphlete zu schreiben, aber für seine Reden benötigte er weiterhin den Zettelkasten. Sehr bald könnte es möglich sein, dass er eine Rede einleiten würde mit: „Liebes Volk der Früchte! Wo gehobelt wird, da fallen Späne. Auch für mich ist es nicht immer leicht." Zuvor aber müssten die Gurken ausgerottet werden. Die Gurken-Mörder brauchten keine Strafen zu fürchten. Nachdem es die ersten Ausschreitungen gegeben hatte und trotz angestrengter Polizei-Arbeit angeblich kein Täter für die zahlreichen Morde ermittelt werden konnte, fühlten sich weitere Früchte dazu ermuntert, Gurken zu ermorden. Befeuert wurden die Pogrome durch ein Gerücht, das Aeneas verbreiten ließ: Die 173 nach nächtlichen Ausschreitungen tot gefundenen Gurken hätten zuvor gedroht, die Zwillingskinder der dunkelroten Erdbeere, des neuen Polizeichefs, zu entführen. Die Gurken hätten behauptet, Aeneas habe einen Polizeistaat geschaffen, und büßen sollten das die Erdbeerkinder des Polizeichefs. „Das geht zu weit!", schrie ein Radieschen. „Es geht um unsere Kinder!", brüllte eine junge Kartoffel, die ledig war und gar keine Kinder hatte. Aber wenn es um Kinder ging, verstanden die Früchte alle keinen Spaß. Jedem fiel jetzt plötzlich etwas ein, womit er unzufrieden war. Ging es den meisten Gurken nicht wirklich viel zu gut? Wer hatte jemals davon gehört, dass eine Bananenfamilie durch die Produktion von Essig und Senf reich geworden war? „Die Gurken wollten die Kinder vom Polizeichef töten! Ich werde die Erdbeer-Zwillinge rächen!", schrie die junge Kartoffel und überrollte zehn Gurken auf einmal. Nach drei Tagen resümierte Aeneas: „Die Gurken waren für das gesamte Volk der Früchte eine wahre Plage, und nachdem der Großteil der Bevölkerung das erkannt hatte, wurden diese elenden Gurken nach und nach eliminiert. Danke, liebe Leute! Ihr habt euch selbst und mir ebenfalls sehr geholfen." Jetzt gab es keine Gurken mehr. Aeneas war zufrieden.

Entlarvung und Ausmerzung weiterer Hochstapler und Staatsfeinde

Nachdem er sich gegen die Bedrohung durch die Gurken erfolgreich gewehrt hatte, überlegte Aeneas, was jetzt noch getan werden musste, damit die innere Sicherheit gewährleistet war. Nie hatte er die durch die Hass-Avocado erlittenen Beleidigungen vergessen. Vor großem Publikum hatte die Hass-Avocado einst behauptet, die Goldene Ananas sei ein Negativpreis. Damals hatte die Ananas die Demütigung wehrlos über sich ergehen lassen müssen, aber das war sehr lange her und in der erbärmlichen Zeit vor der Ära des Herrn Magister Aeneas von Fieberbaum gewesen! Diese rückblickend würdelose Zeit, in welcher eine Hass-Avocado den Herrn Aeneas von Fieberbaum straffrei beleidigt hatte, bezeichnete Aeneas für sein Volk jetzt als die „Zeit der Bewusstlosigkeit". Das war die offizielle Bezeichnung für die gesamte Epoche vor der Herrschaft des Aeneas von Fieberbaum. Nach wie vor beschäftigte Aeneas täglich der Gedanke an die frühere Kränkung, und endlich war es so weit, dass er die Hass-Avocado und ihresgleichen zur Rechenschaft ziehen würde. Erfreulicherweise hatten die wenigen Hass-Avocados, die es gab, keine Freunde außerhalb ihrer eigenen Minderheit. Die gewöhnlichen Avocados nahmen die Hass-Avocados als missratene und kriminelle Verwandte wahr, welche sie angriffen, sobald ihnen eine begegnete und sie selbst in größeren Gruppen unterwegs waren. Der Rest der Früchte fürchtete sich vor den Hass-Avocados und ging ihnen aus dem Weg, wenn es eben möglich war. Mit Genugtuung dachte Aeneas daran, dass er endlich das erlittene Unrecht vergelten würde. Er wollte aber dabei vorsichtig sein und nicht den Eindruck erwecken, dass er aus persönlicher Rachsucht gegen die Hass-Avocado handelte, denn ein solches Verhalten wäre kleinmütig und eines großen Herrschers wie ihm unwürdig. Gleichzeitig sollte niemand wissen, dass Aeneas – als er noch eine gewöhnliche Ananas gewesen war – die Hass-Avocado ebenso gefürchtet hatte wie alle anderen Früchte und dass er sogar eine Beleidigung auf sich hatte sitzen lassen. Nein, so simpel war er nicht! Das war keineswegs der Stil des großen Magister Aeneas von Fieberbaum. Er hatte die Hass-Avocado wissenschaftlich erforschen lassen, um ihr den größtmöglichen Schaden zuzufügen. Dabei hatten Recherchen an der ABAK-Universität schnell ergeben, dass die Hass-Avocado nichts weiter als eine Hochstaplerin war. Keineswegs verdiente sie es, wegen ihres gefährlichen Namens geachtet oder gar gefürchtet zu werden. Die Mitarbeiter im Archiv der Hochschule hatten herausgefunden, dass die Hass-Avocado ihren Namen überhaupt nicht auf Grund eigener Verdienste trug. Es war lediglich der kalifornische Postbote und Hobby-Pflanzenzüchter mit dem Namen Rudolph Hass gewesen, dem sie ihren Namen verdankte. Verdankte, dachte Aeneas hämisch. Wie blöd musste dieses Geschöpf mit der warzigen Schale sein? „Diese unschön dunkel verfärbte Avocado trägt also den Namen ihres so genannten Entdeckers", lachte Aeneas, als er davon erfuhr. Er befand sich in großer Runde, umgeben von jungen Bewunderern, den tüchtigsten der vielen aufstrebenden Talente an der ABAK-Universität. „Das ist genauso lächerlich wie ein Apfel, der sich nach einem alten Menschen Granny Smith nennen lässt", prustete Aeneas heraus, und die frischen jungen Rosenkohle aus dem Archiv lachten laut und herzlich mit. Perfide erklärte Aeneas:

„Diese betrügerische Avocado trägt folglich den Namen des Menschen und versucht diesen erbärmlichen Hintergrund zu vertuschen. Das ist eine Verräterin! Wir können sie nur verachten." Major Karotte sekundierte Aeneas auf sachlich militärische Art: „Ein Skandal ist es in der Tat, dass die Hass-Avocado nicht einmal satisfaktionsfähig ist. Wer hätte das erwartet?" Aeneas fügte hinzu: „Es wird genau geprüft werden müssen, was diese infame Lügnerin sonst noch auf dem Kerbholz hat!" Dann befahl Aeneas dem Major Karotte, die Hass-Avocado sofort vorzuladen. Magister von Fieberbaum überlegte, ob er die Hass-Avocado mit seinem Wissen würde erpressen wollen, weil er sie vielleicht doch zu irgendetwas gebrauchen konnte. Später erwog er, ob es nicht vielleicht eindrucksvoller und nachhaltiger wäre, wenn er sie öffentlich als Verräterin bloßstellen und bestrafen würde. Von Zeit zu Zeit war es gut, der Allgemeinheit ein paar Verräter vorzuführen und diese zu vernichten. Denn nur so konnte gewährleistet werden, dass der Rest des Volkes nicht zu frech und übermütig wurde und dass die Ordnung vorhielt. Nichts Böses ahnend und völlig arglos erschien die Hass-Avocado im Regierungspalast. „Guten Morgen, Rudolph-Hass-Avocado!" Allein die Ansprache ließ die Hass-Avocado die Farbe verlieren. „Muss ich erst eine Gardinenpredigt halten? Raus mit der Sprache!" Die Gardinenpredigten des Aeneas von Fieberbaum waren berüchtigt. Sie waren besonders gefürchtet, weil diejenigen, welche sie betrafen, sie unbedingt wörtlich zu nehmen hatten. Erleichtert waren am Ende alle, wenn Aeneas ankündigte: „Ich gebe grünes Licht!" und damit meinte, dass nun das Schimpfen abgeschlossen, alles in Ordnung sei und die unterbrochene Arbeit fortgesetzt werden dürfe. Aeneas mochte dieses Bild. „Grünes Licht" war für ihn mehr als nur eine Redewendung. Er stellte sich darunter natürlich keine Ampel mit Freifahrtzeichen, sondern eine herrliche Ernte vor: ein Feld mit satten grünen gesunden Salatköpfen – das war aus Sicht des Aeneas grünes Licht. Aeneas schätzte fast alle Redewendungen sehr, solange es nicht andere waren, die sich ihrer bedienten. Der Rest der Früchte sollte lediglich Statisten im großen Spiel des Lebens des Herrn Magister Aeneas sein. Er benötigte sie bloß, um sich selbst gegenüber regelmäßig zu belegen, dass er von allen der Beste war. Hätte jemand anders von grünem Licht gesprochen, so hätte Aeneas sich ungefähr so verspottet und verhöhnt gefühlt, als sei er Andreas gerufen worden. Wer den Magister von Fieberbaum zitierte, machte sich über ihn lustig und hatte schwere Strafen zu befürchten. Was die Hass-Avocado betraf, sah es jedoch keineswegs so aus, als ob es überhaupt dazu käme, dass grünes Licht gegeben werden könnte. Aeneas hatte das unangenehme Gefühl, dass eine seiner üblichen Gardinenpredigten die Hass-Avocado keineswegs beeindrucken würde wie all die anderen Früchte, welche den Aeneas von Fieberbaum achteten. Die Anrede mit dem Namen ihres Züchters Rudolph Hass hatte die Hass-Avocado nur kurz aus der Fassung gebracht, und wie durch ein Wunder hatte sie schnell ihre ursprüngliche Farbe zurückgewonnen. Sie grinste höhnisch, schwieg dazu und wirkte, obwohl sie entlarvt worden war, nicht im Geringsten eingeschüchtert! Jetzt kein Wort, dachte Aeneas wutentbrannt. Er würde es nicht zulassen, dass diese Hass-Avocado ihn ein zweites Mal beleidigte. „Du widerliche, unverschämte, verpickelte Warzenhaut", schrie Aeneas. Es tat ihm wohl! „Verfluchte, verlogene Warzenhaut!", brüllte er. Wie herrlich war es, sich zu rächen! Jetzt hatte er die Hass-Avocado sogar mehrfach beleidigt. Ein angenehmes Gefühl durchströmte Aeneas. Während er wiederholt „widerliche Warzenhaut" in Richtung der Hass-Avocado rief, erhob diese sich langsam, wie in Zeitlupe, und bewegte sich mit bösem Blick, die gefährlichen Augen auf Aeneas gerichtet, Schritt für Schritt auf diesen zu. Das hatte er nicht erwartet. Plötzlich kroch die alte Angst vor der Hass-Avocado wieder in ihm hoch. „Hilfe! Hilfe! Zur Hilfe mir!", flehte Aeneas, und zu seiner Erleichterung kamen sofort einige Erdbeer-Polizisten und knüppelten die Hass-Avocado nieder, bevor sie diese abführten. Weil Aeneas behauptete, die Hass-Avocado habe ihn mit einem Morgenstern töten wollen, wurde sie vor der Zelle, in welche sie zwecks Untersuchungshaft gesperrt werden sollte, spontan vom Polizeichef erschlagen. Aeneas war erleichtert, dass die große Erdbeere, die er erst vor Kurzem zum neuen Polizeichef ernannt hatte, ihm erspart hatte, gegen die Hass-Avocado einen Prozess eröffnen zu lassen und der Feindin im Gerichtssaal erneut zu begegnen. „Gute Arbeit, Polizeichef!", sprach Aeneas und überreichte der Erdbeere persönlich einen Sonderbonus. Außerdem ließ er durch die Presse verbreiten, dass er knapp einem Attentat entgangen sei, weshalb kurzfristig wieder der Ausnahmezustand ausgerufen werden müsse, welcher erst vor wenigen Tagen aufgehoben worden war. Aeneas ließ einen Morgenstern auf dem Marktplatz ausstellen, welcher als angebliches Tatwerkzeug der Hass-Avocado gezeigt wurde. „Mit diesem Mord-Morgenstern sollte unser Herr Magister von Fieberbaum getötet werden", wurde empört und erschrocken in den Zeitungen berichtet. Der Ausnahmezustand hatte eine Ausgangssperre zur Folge, die nur den genehmigten Weg zum Marktplatz ausschloss. Alle Früchte wurden verpflichtet, sich den so genannten Mord-Morgenstern anzuschauen. „Wer darauf verzichtet, macht sich verdächtig, mit dem verhinderten Täter unter einer Decke zu stecken und wird strafrechtlich verfolgt!", hieß es in der Zeitung. Die erste Hass-Avocado, die ihrer Pflicht nachkommen wollte, den Mord-Morgenstein zu betrachten, wurde von einem wütenden Früchte-Mob gelyncht. Das war für alle weiteren Hass-Avocados Grund genug, lieber zu Hause zu bleiben – und sich damit gleichzeitig verdächtig zu machen. Es war egal, was sie taten: Nichts mehr konnte ihnen das Leben retten.

Das Ganze war für Aeneas eine erfreuliche und erfolgreiche Aktion, weil die gesamte Bevölkerung – verängstigt und aufgewühlt durch den Mord-Morgenstern – sich fleißig daran beteiligte, die Hass-Avocados zu suchen und anzuzeigen. Alle 258 polizeilich gemeldeten Hass-Avocados wurden aufgespürt und vernichtet. Endlich war die Kränkung, die Aeneas einmal widerfahren war, mit allen Hass-Avocados zusammen gelöscht und getilgt. Zur Belohnung wurde die Goldene Ananas als Prämie jeder Frucht geschenkt, die ihre Beteiligung an der Vernichtung einer Hass-Avocado nachweisen konnte. Die Goldene Ananas war ein vergoldetes Klümpchen Glas, das die Form einer Ananas hatte. Niemals wäre jemand auf die Idee gekommen, dass die Goldene Ananas ein Negativpreis sei. Aeneas hatte die Geschichte neu geschrieben. Er war zufrieden. Das Lachen war in sein Gesicht eingebrannt.

Eine richtige Königin wurde gebraucht

Aeneas war stolz und froh, weil er endlich ein großer Herrscher war. Jetzt, da es keine Gurken und damit keinen organisierten Widerstand mehr gab, krönte er sich zum König aller Völker. Eine Krone brauchte er nicht, denn auf seinem edlen Haupt befand sich der gezackte Blattschopf, der zwar keine Krone, aber schöner und bemerkenswerter war, als jede goldene Krone es hätte sein können. Das Einzige, was Aeneas jetzt noch betrübte, war seine unerfreuliche Birnen-Ehefrau, die er auf gar keinen Fall zur Königin haben wollte. Wie sehr wünschte er sich eine seiner würdige, vornehme Königin. Die Birne musste weg, möglichst schnell. Jeden Tag sprach sie davon, wie sie bald Königin aller Frucht-Völker sein würde. Den Krönungstermin hatte sie bereits festgelegt. Es war ein anderer als der von Aeneas, denn an ihrem Krönungstag wollte die Birne, dass allein sie im Mittelpunkt stehe. Jeder andere hätte nur gestört. Der Krönungstermin der Birne verschob sich jedoch immer wieder, weil der Birne Helene keine Krone schön genug war. Nichts gab es, was sie zufrieden stellen und ihrer großen Herrlichkeit entsprechen konnte. Die Birne bestand darauf, eine goldene Krone tragen zu wollen. Die Menge an Kronen-Entwürfen, die ihr von unterschiedlichsten Designern vorgelegt wurde, bedeutete für sie die Qual der Wahl.

Aeneas, jetzt als König Aeneas von Fieberbaum, war es zuwider, der Birne eine Krone aufzusetzen. So war es ihm nur recht, dass die Birne ihre peinliche Krönung selbst verzögerte, indem sie sich für keine Krone entscheiden konnte. „Nie soll es dazu kommen, dass ich dir eine Krone aufsetze", flüsterte Aeneas bitter in Richtung seiner Birnen-Ehefrau und lachte dabei, denn das Lachen war fest in seinem Gesicht eingebrannt. Die Birne hörte ihm sowieso nicht zu, weil sie stets angestrengt ihren eigenen Bedürfnissen nachging. „Ei, wichtig ist, dass meine Krone die teuerste ist, die es je gab", schrie die Birne in Richtung des Aeneas. „Hat Er gehört? Die teuerste Krone will ich!", nörgelte die Birne. Aeneas schwieg und nickte ihr zu, mit dem eingebrannten Lächeln und deshalb freundlich. Am liebsten hätte er diese widerwärtige Birne sofort auf dem Komposthaufen entsorgt. „Sind die fetten Jahre bald vorbei?", fragte Major Karotte mitfühlend, und wies vielsagend mit dem Schopf in Richtung der Birne, der schon wieder der oberste Knopf am Glockenrock abgerissen war, weil sie weiter an Gewicht zugenommen hatte. „Ein wenig Geduld bitte, nicht mehr lange, treuer Freund", sagte Aeneas leise, „bald wird es so weit sein." Erst aber musste eine neue Hymne her, weil Aeneas einen neuen Status hatte. Es durfte kein lustiger Song mehr, sondern es sollte etwas Getragenes, Erhabenes sein. Niemand würde es allein singen, aber zu allen feierlichen Anlässen, wie Militärparaden, staatlichen Feiertagen oder festlichen Reden des Königs würde es gespielt werden.

Nicht nur in der griechischen Mythologie kannte Aeneas sich aus. Aeneas von Fieberbaum war außerdem ein Wagner-Liebhaber. Wenn er auf seinem Grammophon den Lohengrin spielen ließ, kamen ihm beim Tod der Elsa am Ende regelmäßig die Tränen. Beim Tod der Dido in Henry Purcells Oper „Dido und Aeneas" war Aeneas regelmäßig sogar kurz davor, sich selbst ein Obstmesser in den Leib zu rammen, um sich endgültig zu entleiben. So viel Tragik war kaum zu ertragen! Dido durfte nicht sterben, denn sie wurde erwartet im Reich des Aeneas. Dido wurde als richtige

Königin dringend gebraucht. Allein sie dürfte eine Krone tragen. Dido und Aeneas – und sonst nichts! Nach einer kurzen taktischen Schamfrist würde die Birne durch Dido ersetzt werden. Aber wo sollte Aeneas nach seiner Dido suchen? Unter den Früchten würde Dido nicht zu finden sein. Aeneas würde sie sich erschaffen lassen.

Als neue Hymne des großen Reiches wurde die Oper „Dido und Aeneas" von Henry Purcell bestimmt. Jetzt herrschte Aeneas über alle Völker. Aber die Völker brauchten Bildung, mehr noch als Aeneas ihnen bisher zuteil werden ließ. Von überall erscholl die Oper „Dido und Aeneas", und sogar die einfältigste Birne musste sich mittlerweile fragen, warum die Ehefrau des Aeneas eine Birne namens Helene war – und nicht Dido hieß. Es war an der Zeit, sich der lästigen launischen Birne zu entledigen. Major Karotte wurde gerufen. Aeneas sprach: „Besorgen Sie mir Vanille-Eis und Schokoladensauce. Streng geheim und vertraulich!" Das war das Zeichen, auf das der Major lange gewartet hatte, der Code, die Birne loszuwerden.

Aeneas war gebildet genug, um zu wissen, dass in der richtigen Oper die enttäuschte Dido sich selbst tötet. Damit das nicht geschah, musste die Birne aus dem Weg geschafft, ja ermordet werden. Es war unvermeidlich, die Birne Helene zu töten, weil sie böse war und durch die gute Dido ersetzt werden sollte. Die Birne musste sterben, damit Dido leben konnte.

Aeneas nahm die Oper zur Grundlage und erfand um diese herum eine romantische Geschichte, die aber zu seinen Gunsten abwich und zum Wohle aller – mit Ausnahme der Birne – endete. Aeneas die Ananas musste, anders als der ursprüngliche Held der Oper, nicht aus dem zerstörten Troja, sondern vor der Birne fliehen. Der Birne, seiner Ehefrau, wies Aeneas die Rolle der bösen Zauberin aus der Oper Dido und Aeneas zu. Diese will – zusammen mit den Hexen – Dido vernichten. Wer die Hexen waren, konnte sich jeder Untertan denken: Das waren die Kokosnüsse, die Hofschranzen, welche die untreue Birne als Liebhaber um sich geschart hatte. In der echten Oper wird Aeneas, obwohl er Dido liebt und seine Liebe erwidert wird, im Namen der Zauberin dazu überredet, Dido zu verlassen. Als er sich – nachdem er Dido bereits angekündigt hat, sie zu verlassen – gegen den Abschied entscheidet, ist es zu spät. Seine verspätete Entscheidung für sie kränkt Dido so sehr, dass sie sich umbringt. Das durfte im wirklichen Leben nicht geschehen, fand die Ananas, genannt Aeneas. Das Gute musste siegen und das Schlechte vorher vernichtet werden. „Besorgen Sie mir Vanille-Eis und Schokoladensauce", war der Befehl von Aeneas an Major Karotte gewesen. Diskret und zuverlässig führte Major Karotte den kodierten Befehl aus. Wie genau die Birne aus der Welt geschafft wurde, würde das Geheimnis von Major Karotte bleiben, denn niemand sollte eine Ahnung von seinen militärischen Methoden bekommen. Allein zum Beweis dafür, dass die Birne endgültig weg war und Aeneas nicht mehr fürchten musste, sie zu krönen, brachte der Major den gelben Glockenrock. Dieses Insignium ihrer Macht hätte die Birne niemals freiwillig abgegeben. Aeneas fühlte sich nach dem Verlust seiner Ehefrau ebenso beglückt wie erleichtert. Er konnte sein Glück kaum fassen.

Eine Anekdote vom König zum Verschwinden seiner Ehefrau

Nach dem Verbleib der Birne gefragt, wollte Aeneas dazu nicht konkret werden. Viele Früchte wunderten sich darüber, dass es eine Zeit lang zum Sonderpreis große Familienpackungen Eis der bis dahin unbekannten Geschmacksrichtung „Birne H." zu kaufen gab. Aber Aeneas von Fieberbaum sprach nur in Rätseln: „Liebes Frucht-Volk, ihr kennt mich gut und müsst mir vertrauen. Lasst mich euch eine Parabel erzählen. Gut zuhören, denn jetzt geht es los: In einer großen Stadt mitten in unserem Land lebte eine Eselfamilie, die ein recht angenehmes Leben führte und auch sonst keinen wirklichen Grund zum Klagen hatte. Es waren Vater, Mutter und zwei Söhne, von denen der Jüngere stark, ordentlich und fleißig war, während der ältere faul war und so ungern arbeitete, dass seine Eltern ihre liebe Not mit ihm hatten. Denn gern hätte sie zwei artige, fleißige Eselssöhne gehabt, auf die sie mit Fug und Recht hätten stolz sein können. Sie konnten gar nicht verstehen, warum in einer solchen Familie wie der ihren ein Sohn so aus der Art geschlagen war. Der faule Esel versuchte ständig, sich auf Kosten aller anderen auszuruhen, er vermied jede Art von Bewegung, und während der Rest der Familie froh und dankbar war, sein täglich frisches Heu fressen zu dürfen, stahl der gierige ältere Eselssohn heimlich die für Sonntage und hohe Feste eisern gesparten Zuckerstücke. Er fraß sie ganz allein auf, und überhaupt drehte sich nahezu sein ganzes Denken um das Fressen, und sonst nichts. Das sah jeder ihm an, denn furchtbar dick war er durch das Fressen der vielen Leckereien und dadurch, dass er sich nie bewegte, schon geworden. Die Eltern waren ganz traurig, weil ihr Sohn nicht nur faul war und ein gemeiner Dieb noch dazu, sondern auch immer wieder mit größter Selbstverständlichkeit log, wenn sie ihn auf die fehlenden Zuckerstücke ansprachen. Er behauptete stets, er sei es nicht gewesen, dabei wussten doch alle genau Bescheid. Der faule Eselssohn interessierte sich ganz allein dafür, dass es ihm bloß gut gehen möge. Dass es seine Eltern und der fleißige jüngere Bruder waren, die hart arbeiteten, damit die Familie ihr Auskommen hatte, war ihm völlig egal. Während der Bruder in aller Frühe den Eselskarren aus dem Stall holte und sich davor spannte, um zum Großmarkt zu fahren und Blumen einzukaufen, und die Eltern schon das Geschäft dekorierten, in dem sie alle möglichen Blumen verkauften, lag der faule Esel noch im Bett und schlief fest. Sollten doch andere für ihn arbeiten gehen! Er jedenfalls hatte keine Lust dazu. Und so tat er den ganzen Tag nur, wozu er Lust hatte und wonach ihm gerade der Sinn stand. Das war oft nichts Gutes, und manchmal fiel ihm so gar nicht ein, was er mit seiner ganzen Freizeit anfangen sollte, und er hatte gar kein Vergnügen. Es gab Tage, an denen langweilte er sich so sehr, dass er versuchte, sich die Zeit nur mit Fressen zu vertreiben, und wenn ihm vom vielen Fressen endlich übel geworden war, legte er sich einfach schlafen und wachte erst dann wieder auf, wenn im Fernsehen das Abendprogramm begann. Aufgepasst! Hört ihr mir noch zu? Ich sehe ein paar Birnen schlafen! Passt gut auf, denn ich werde euch die Geschichte kein zweites Mal erzählen! Ohren auf, liebe Früchte, das ist alles wichtig für euch: Am schlimmsten also war es, wenn der faule Esel hin und wieder eigene Ideen hatte, die er dann oft ganz schnell in die Tat umsetzte: Oft nämlich

84

hatte er Spaß daran, wenn ihm ein anderes Tier über den Weg lief, es zu quälen. Natürlich mussten die zu schikanierenden Tiere kleiner sein als er, und mit anderen Eseln hätte der faule dicke Esel sich nie angelegt, denn eigentlich war er feige, und schwach war er auch, und da hätte er natürlich große Angst gehabt, dass ein anderer Esel ihn mal ordentlich verprügelt hätte, wenn er frech zu dem gewesen wäre. Ja, so war das! Aber kleinen Hunden und Katzen machte der Esel gerne Angst, indem er sie mit dem Huf trat und dabei mutwillig manchmal böse verletzte. Gelegentlich biss er ganz einfach zu und freute sich diebisch, wenn irgendein harmloses Haustier vor ihm nicht flüchten konnte und so schwer verletzt wurde, dass es einen Tierarzt aufsuchen musste. Wenn er besonders ehrgeizig war, versuchte der Esel gelegentlich sogar Mäuse totzutreten. Aber das gelang ihm zum Glück nie, denn natürlich waren die flotten Feldmäuse viel zu schnell für ihn, und weil er nur langsam und gemächlich treten konnte, weil er ja so dick war, hatten sie alle leichte Gelegenheit, vor ihm zu fliehen. Man kann ehrlich sagen, und da geben einem sicher alle Recht, was dieser Esel machte, war überhaupt nicht schön. Aber sogar die Menschen blieben nicht verschont. Liebe Leute, ihr merkt, dass ich ehrlich mit euch bin. Denn jeder kann sich vorstellen, dass ich mich genauso wie ihr freue, wenn der Mensch mal eine ordentliche Abreibung bekommt. Manchmal kommt unter all dem Schlechten auch noch etwas Gutes raus, aber das ist nur Zufall, und dadurch wird das Schlechte nicht insgesamt gut! So will ich fortfahren: Die Eselfamilie, von der hier die Rede ist, war eine moderne Familie und arbeitete nicht mehr für die Menschen, so wie alle Esel es früher tun mussten, sondern ganz allein für sich selbst und zu ihrem eigenen Nutzen. Wenigstens die Eseleltern konnten sich aber daran erinnern, dass zumindest ihre Eltern, also die Großeltern der beiden Eselssöhne, noch vollzeitig, und dies nur für einen Platz zum Schlafen und ein bisschen zu fressen, für die Menschen hatten arbeiten müssen. Und das war oft ein wirklich furchtbar hartes Los gewesen. Der Mensch war sehr ungerecht gegen die hart arbeitenden Esel gewesen und hatte sie trotz guter Arbeit schlecht behandelt und manchmal sogar mit der Peitsche geschlagen. Der dicke Eselssohn wusste vom schlimmen Schicksal der Großeltern nur aus Erzählungen. Die alten Esel waren leider schon früh verstorben, weil sie ihr Leben lang unter so schweren Bedingungen gearbeitet hatten. Der Eselssohn war ja wirklich feige und hatte auch große Angst vor den Menschen und seinen Vorstellungen von den schrecklich langen Peitschen, die sie schwingen konnten, wenn sie richtig böse wurden. Aber wenn ihm vor Langeweile fast die Nase blutete und er nun so gar nichts mit sich anzufangen wusste, nahm er doch allen Mut zusammen, stahl in der Post ein Telefonbuch und stellte sich in eine Telefonzelle, um irgendwelche Menschen anzurufen und sie zu ärgern oder zu verängstigen. Wen er da anrief, war ihm wirklich völlig egal. Er schlug das Telefonbuch auf einer beliebigen Seite auf, wählte irgendeine Telefonnummer und schrie ganz laut in den Hörer, sobald jemand abnahm. Natürlich war er als Esel so dumm, zu glauben, die Menschen würden ihn nicht sofort erkennen. Aber ganz selbstverständlich wussten alle Menschen, dass es wieder der Esel mit Langeweile war, denn sein Schreien war das von Eseln und nicht wie das Wiehern von Pferden, und kein Mensch hätte ein solches Geräusch nachahmen können. Das Schreien war aber so grauenhaft laut, dass die Menschen, die es überraschend am Telefon hören mussten, beinahe taub davon wurden und oft bleibende Schäden am Gehör zurückbehielten. Das ist schon lustig, zeigt aber, dass der Esel grundsätzlich kriminell war, weil er mit seinen an sich gerechten Taten gegen den Menschen dafür sorgte, dass der Rest seiner Familie leiden musste. Ihr könnt euch vorstellen, dass wirklich keiner den Esel besonders gut leiden konnte. Aber weil er nicht viel mit sich anzufangen wusste, nichts lernen und auch keiner geregelten Arbeit nachgehen wollte, hatte er eben sein einziges Vergnügen in Unterhaltung dieser Art. Er war folglich nicht nur überflüssig, sondern sogar ein Schädling. Denn der Mensch, der bösartige Mensch, misshandelte den Rest der Eselfamilie für die Taten des Sohnes. Irgendwann war die Geduld seiner guten Eltern zu Ende und sie ließen ihn bei den Menschen zu Esel-Steak verarbeiten. Sie hätten den dummen Esel genauso gut verwesen lassen können, weil er zu nichts zu gebrauchen war. Das ist die Geschichte vom überflüssigen Esel. Er ist weg, und so wollen wir keine Hassgefühle mehr gegen ihn hegen. Der Esel hätte aber auch eine Birne sein können. Habt ihr das verstanden, liebe Untertanen?" Vor dem Palast hing ein paar Tage lang der gelbe Glockenrock der Birne, damit auch die letzten ahnungslosen Früchte begriffen, dass es mit der Birne aus war. Über dem Rock war eine weiße Fahne befestigt. Diese trug die Aufschrift: „Wo gehobelt wird, da fallen Späne." Danach war der Name der Birne für alle Zeiten getilgt.

Die Erschaffung der Dido

Das Frucht-Volk vergaß – wie immer – sehr schnell. Aeneas war erleichtert. Überall wurde die Oper „Dido und Aeneas" gegeben, auf Plakaten stand in großen Buchstaben geschrieben: „Dido und Aeneas". Das Volk wartete auf Dido, es sehnte sich geradezu leidenschaftlich nach seiner Dido, die es verehren wollte. Aeneas kam zu der Entscheidung, dass es keine echte Frucht sein dürfte, welcher er vor den Augen des Volkes seine Gunst würde erweisen können. Er war inzwischen so mächtig und herrlich geworden, dass es undenkbar war, dass eine richtige saftige Ananas oder eine Kirsche, und sei diese noch so süß und rot, die Liebe und Achtung des großen Aeneas verdiente. Welche echte, lebendige Frucht wäre es wert, seine Gefährtin, seine Dido zu werden? Weil außer ihm keine Frucht als wirklich perfekt gelten konnte, musste sich Aeneas seine Dido nach eigenen Wünschen gestalten lassen. Er beschloss, die Forschungsabteilung der von ihm gegründeten ABAK-Universität mit der Schaffung einer Dido zu beauftragen. Einige talentierte junge Kartoffeln hatten sich in der letzten Zeit in der Erforschung künstlicher Intelligenz hervorgetan, ein paar künstlerisch begabte Kirschen würden die optische Gestaltung des Auftrags übernehmen. Die Dido des Aeneas sollte aussehen wie eine blasse, vornehme Ananas. Wichtig war, dass sie mild und liebreizend und dem Aeneas vollkommen ergeben wäre. Schmeichlerinnen hätte er natürlich genügend unter seinen Untertaninnen finden können, aber Aeneas wollte nichts dem Zufall überlassen. Die Dido, welche er sich vorstellte, sollte außerdem keine eigene Geschichte haben. Sie wäre ein Automat, dem die Artificial-Intelligence-Forscher der ABAK-Universität Leben einhauchen sollten und der damit wie ein zweites, unbedeutenderes Ich des Aeneas funktionieren und sein Volk begeistern würde. Für diesen geheimen Auftrag hatte Aeneas den Forschern und Künstlern zwei Wochen Zeit zugestanden. Dann sollte seine Dido dem Volk vorgestellt werden. Viel länger konnte Aeneas nicht mehr warten, denn das Volk wurde von Tag zu Tag ungeduldiger und begehrte danach, dass er seine neue Gattin zeige. Vorfreude sei bekanntlich die schönste Freude, aber es kam der Zeitpunkt, an dem es nicht mehr ausreichte, nur die Oper „Dido und Aeneas" zu geben und die Früchte zu vertrösten. Sie wurden unruhig und wollten die wahre Dido als neue Gemahlin des Aeneas sehen. Der Druck an der ABAK-Universität, in kürzester Zeit ein hervorragendes Ergebnis zu liefern, war für die Auftragnehmer unerträglich. Aber schließlich war die Dido zum vereinbarten Termin fertig. Mit der Fristeinhaltung und dem Ergebnis war Aeneas sehr zufrieden.

„Herr Magister Aeneas von Fieberbaum", sprach ergeben und schmeichlerisch eine hungrig aussehende junge Kartoffel, die sehr stolz darauf war, trotz ihrer Jugend schon zur Professorin für künstliche Intelligenz an der ABAK-Universität ernannt worden zu sein: „Darf ich Ihnen Dido präsentieren?" Federführend hatte sie an dem Projekt Dido mitgewirkt. Gnädig winkte Aeneas die Professorin zu sich heran, dennoch genügend Sicherheitsabstand zu ihr haltend. Als Forscherin war diese Kartoffel unverzichtbar, aber Aeneas fürchtete und ekelte sich vor ihrer Nähe. An ihrem Schadbild meinte er die Dürrfleckenkrankheit zu erkennen. Es sah aus, als gebe es auf der Schale dieser hässlichen jungen Kartoffel eingesunkene Flecken, welche sich als bräunliche Masse bereits ein paar Millimeter ins Knollengewebe hineingefressen hatten. Eindeutig waren das die Symptome der unter Kartoffeln verbreiteten Dürrfleckenkrankheit, und angewidert beschloss Aeneas, zu seiner eigenen Sicherheit eine Armlänge Abstand zu halten. Aber wie erfreut und beglückt war Aeneas, als ihm die nach seinen Vorstellungen gefertigte Dido übergeben wurde. „Sie ist noch schöner geworden, als ich sie mir vorgestellt habe", rief er den stolzen Kirschen-Künstlern zu. Um allen seine Dankbarkeit zu zeigen, ging er resolut auf die am saubersten aussehende Kirsche zu und schüttelte ihr – stellvertretend für alle Beteiligten – beglückwünschend die Hand. Aeneas konnte seine fertige Dido ehrlich und enthusiastisch loben. Er sprach: „Welch ein herrliches blasses Gelb! Und das eingeritzte Gesicht ist fast so attraktiv wie das meine!" Als Aeneas feststellte, dass es auch technisch an seiner neuen Frau nichts auszusetzen gab und sie so programmiert war, dass sie alles, was er sagte, automatisch Kopf nickend bestätigte, sah er keinen Nachbesserungsbedarf. Die Forscher und Künstler an der ABAK-Universität hatten gute Arbeit geleistet. Da die Kirschen und Kartoffeln jetzt Geheimnisträger waren, ließ Aeneas sie und ihre Familien pürieren, damit nicht an die Öffentlichkeit dringe, dass Dido eine künstliche Schöpfung war. Das Kirsch-Kartoffel-Püree wurde der Hochzeitstorte beigemischt. Drei Tage und Nächte wurde die Hochzeit von Dido und Aeneas gefeiert. Niemand merkte, dass Dido ein Automat war. Wer es bemerkt hätte, hätte es nicht zu sagen gewagt.

Die Planung des Kampfs gegen den Menschen

Was hatte er nicht alles erreicht! Aeneas war stolz auf sich und auf all das, was er für sein Volk getan hatte. Es gab ein funktionierendes Schul- und Gesundheitssystem – selbst die Fruchtfäule war mittlerweile so gut wie ausgerottet, weil an der ABAK-Universität eine verpflichtende Impfung dagegen entwickelt worden war. Der Wohlstand der Früchte war größer als jemals zuvor und ebenso die Zufriedenheit im Land: Es gab Piña Colada für jede Frucht, die es noch gab. Fast alle unzufriedenen Früchte waren mittlerweile im Piña Colada verarbeitet worden. Als Ersatz für das echte Fleisch der inzwischen zur Mangel-Ware gewordenen Regime-Gegner war an der ABAK-Universität synthetisches Fruchtfleisch erfunden worden. Denn eines war sicher: Damit alle zufrieden blieben, musste es weiterhin kostenlos Piña Colada geben. Es war kein Problem, diesen ganz ohne Früchte zu erzeugen, denn der prosperierende Staat hatte viel in seine Forschung investiert.

Jetzt war es an der Zeit, dass Aeneas sein Reich erweiterte. Er wusste auch schon genau, wie das geschehen würde, denn sein Volk hatte einen klaren Feind: den Menschen. Dass der Mensch der größte Feind war, darüber waren sich alle einig. Derjenige, der den Menschen vernichten würde, würde als Erlöser aller Früchte in die Geschichte eingehen. Wer, wenn nicht Aeneas, wollte sich diese Herkules-Aufgabe zutrauen? Es wäre doch zu schön, wenn er die hässlichen Menschen besiegen und ausrotten könnte, dachte sich Aeneas. Ihre Behausungen würde er abreißen und auf den entstandenen Freiflächen zunächst Gurken wachsen lassen, die er später wieder unterpflügen lassen würde, um irgendwann den Boden für gute Früchte nutzen zu können. Keiner wusste genau, wie kontaminiert die durch die Menschen bebauten und bewohnten Flächen waren. Aber Aeneas dachte sich, dass er ein paar Jahre lang regelmäßig als Zwischenfrucht Gurken dort wachsen und als Dünger unterpflügen lassen könnte. Eines Tages würde das Land des Menschen wieder gesund und brauchbar werden. Das Volk der Früchte brauchte dringend mehr Land, um sich zu vergrößern. Es bestand mittlerweile nur noch aus ordentlichen Leuten, die sich einig waren und den König und die Königin verehrten. Alle Gurken waren ausgerottet, und nur ihr Saatgut wurde in Laboren in gut gesicherten militärischen Anlagen für besondere Zwecke vorgehalten – so zum Beispiel für die Zukunftspläne des Aeneas, mit einer Zwischenfrucht die durch die Menschen kontaminierten Böden eines Tages wieder fruchtbar zu machen. Zunächst aber musste der Mensch weg! Ein großes Problem bestand darin, dass die einzige Plastikfolie, die Aeneas zum Schutz vor dem Menschen über das Land der Früchte hatte spannen lassen, mit den Jahren marode geworden war. Eine zweite besaß Aeneas nicht, aber das sollte sein treues Volk nicht wissen. Die Untertanen durften nicht auf den Gedanken kommen, Aeneas habe schlecht geplant und zu wenig Vorsorge getroffen. Deshalb, so dachte sich Aeneas, war es die beste Idee, den Menschen zu vernichten. Dann wäre die Bedrohung weg – und es würde gar keine Plastikfolie mehr über dem Land gebraucht. Aeneas hielt seine Pläne für keineswegs größenwahnsinnig, denn bisher hatte er alles erreicht, was er sich vorgenommen hatte. Mit seiner

Heldentat würde er Geschichte schreiben. Der erste Schritt würde sein, den Menschen auszukundschaften. Zuerst wollte Aeneas allein die Lage beim Menschen genau erkunden und darüber an sein Volk berichten. Wieder im eigenen Land, würde er konkrete Pläne, eine richtige Strategie ersinnen, wie gegen den Menschen vorzugehen war. Aeneas musste bei dem Gedanken lachen, dass er sich jetzt sehr bald die Menschen unterwerfen würde. Die meisten würde er vernichten, weil sie eigentlich zu nichts zu gebrauchen waren. Dennoch beabsichtigte er, sobald er mit neuen Eindrücken von seiner Erkundungsreise zurück wäre, an der ABAK-Universität eine Studie in Auftrag zu geben, um herausfinden zu lassen, ob vielleicht doch einige Menschen zu irgendetwas sinnvoll zu verwerten waren. Ganz sicher war, dass Aeneas keine Rohstoffe verschwenden wollte, falls sich erwiese, dass sich aus Menschen oder Teilen davon etwas Vernünftiges herstellen ließe. Die Mitarbeiter des Supermarkts, welche ihn hatten verkaufen wollen, würde er als Erste einfangen. Aeneas war nicht sicher, ob er genau den Supermarkt wiederfinden würde, in welchem er so beleidigt und am Ende auf den Müllhaufen geworfen worden war. Aber er glaubte, dass das möglich sein sollte, denn er erinnerte sich an ein Bild von einem hässlichen Menschen, das in dem Supermarkt an einer Wand gehangen hatte. Darunter war geschrieben gewesen: „Udo Zimmermann, Mitarbeiter des Monats". Stellvertretend für alle Menschen würde Aeneas den Udo Zimmermann als ekelhaftes und abschreckendes Exemplar der Gattung Mensch im Land der Früchte an den Pranger stellen. Jede Zwiebel würde ihm die Tränen in die Augen treiben dürfen, so dass Udo Zimmermann sich wünschen würde, er hätte sich niemals an den Verbrechen gegen die Früchte beteiligt!

Aeneas hatte an der ABAK-Universität erforschen lassen, ob es gut wäre, wenn der gehasste Mensch einen Namen hätte, damit das Volk den langfristig geplanten Feldzug schon jetzt unbewusst unterstützen würde. Das Ergebnis war: Es wurde eine Personalisierung gebraucht, die noch konkreter war als „der Mensch". Nichts war einfacher, als den Menschen mit einem Namen zu versehen! Bevor Aeneas sich in seiner besten verschließbaren Box auf den Weg zu den Menschen machte, ließ der König der Früchte sein Volk wissen, dass der schlimmste von allen Menschen Udo Zimmermann heiße. Dieser sei gewissermaßen der Herrscher der Menschen, der persönliche Feind und Antipode des großartigen Magister Aeneas von Fieberbaum. Von diesem Udo Zimmermann erhielten alle Menschen die Anleitung zu ihren Verbrechen. „Udo Zimmermann hält die Fäden in seiner kriminellen Hand", erklärte Aeneas seinem Volk. Als Aeneas sich vom Militär verabschiedete, um letzte Anweisungen zu geben für seine geplante zweitägige Abwesenheit, flossen ihm vor Rührung über seinem eingebrannten lachenden Mund die Tränen: Jeder einzelne Karotten-Soldat hielt ein Schmähplakat hoch, welches er selbst gebastelt hatte. Auf jedem der Plakate war ein Strichmännchen abgebildet, das Udo Zimmermann darstellen sollte. Jeder Soldat hatte sich etwas Individuelles ausgedacht, wie er sich an Udo Zimmermann rächen wollte. „Udo Zimmermann muss ausgepresst werden!", stand auf einem Plakat. Auf einem anderen hieß es: „Wir brennen Schnaps aus Udo Zimmermann", ein weiteres hatte die Aufschrift: „Udo Zimmermann zu Menschenstampf!". Diese Idee war von einer Kartoffel gekommen, deren gesamte Familie zu Kartoffelstampf verarbeitet worden war. Aeneas war gerührt von so viel Zuspruch und kreativen Ideen seiner tüchtigen Truppe.

Auf dem Weg zum Menschen

Der Weg zum Menschen war nicht schwer zu finden. Aus vielen weggeworfenen Dokumenten, die zu einer Unternehmensberatung gehört und welche Aeneas einmal im Müll gefunden hatte, wusste er, dass der Mensch jede seiner Städte als Hauptstadt betrachtete. Es hatte auf allen Seiten „Human Capital" geheißen. Aeneas konnte nicht ahnen, dass er bloß die Unterlagen der Personalabteilung gefunden hatte. Für den Magister von Fieberbaum war alles klar. Ganz egal, wo er landete: Jede Stadt war beim Menschen eine Hauptstadt. Das klang logisch, denn es war genau so, wie aus Sicht des Aeneas der größenwahnsinnige Mensch denken musste: Keiner von denen wollte in einer Stadt wohnen, die nicht eine Hauptstadt war. Aeneas lief zur Grenze, hängte sich an eine Tanne, die als Weihnachtsbaum gepflanzt worden war, und rechnete damit, dass diese wenige Stunden später abgeschlagen würde. Etwas anderes war nicht zu erwarten. Die Tannen markierten die Grenze zum Land des Menschen, und der Mensch pflanzte die Bäume nur, um sie dann abzuschlagen. Aeneas musste sich nicht lange gedulden. Zusammen mit der abgeschlagenen Tanne wurde er bald auf einen Lastwagen geworfen und auf die Seite des Menschen gefahren. Auf dem Weihnachtsmarkt wurde er, unbemerkt zwischen den Tannenzweigen hängend, ausgeladen. Alles schaute genauso aus, wie Aeneas es sich in seinen schlimmsten Vorstellungen ausgemalt hatte. Überall sah er Menschen, die aussahen wie Udo Zimmermann. Alle sahen gleich aus, nur in der Größe und im Umfang wichen sie ein wenig voneinander ab! Wie sollte Aeneas dort jemals den Mitarbeiter des Monats aus dem Supermarkt wiederfinden, wenn alle Menschen aussahen wie Udo Zimmermann? Aber Aeneas wusste, dass er jetzt nicht den Mut verlieren durfte. Er würde in die Geschichte eingehen, nicht nur als Herrscher aller Völker der Früchte, sondern auch als Befreier vom Menschen. Aeneas schrieb poetisch und heldenhaft einen Text an Dido, den sie dem Volk weitergeben sollte: „Liebste Dido! Ich betrete die gefährliche, so unerträglich volle Hauptstadt in der Vorweihnachtszeit: Human Capital, berstend aus allen Nähten. Das kaum aushaltbare Menschengetümmel – wie ein Wust von schädlichen, gefährlichen Würmern, die durcheinander quellen und drängeln. Gewühl innerhalb des warmen, feuchten Gewürms. Obwohl es Winter ist. Liebe Früchte! So stellt euch bitte den Menschenauflauf vor: wie eine zerkochte, vermengte Masse von Menschen. Ekelhaft und abgestanden, so erscheint es mir. Einander erdrückend, grau und stinkend, so sehe ich sie alle. Dazu grässlicher Lärm! Gedudel aus Lautsprechern! Geschrei des Menschen! Der Gestank: in seiner Abscheulichkeit jeden jemals zuvor von mir wahrgenommenen Fäulnisgeruch bei Weitem übersteigend. Physischer Ekel, Unwohlsein, sich ungehemmt meiner annehmend, sich in mir ausdehnend und verbreitend, so dass mein einziger Gedanke ist: Flucht! Fort! Schnell raus, bevor ich Teil des grässlichen Ganzen werde, zermürbt und zermahlen im Menschenauflauf. Aufgegangen, untergegangen, vermengt mit dem Menschenauflauf. Nicht wiedererkennbar, nicht mehr auffindbar, nicht im Geringsten mehr zu segmentieren. Verloren! Hilfe! Zur Hilfe doch! Oder rufe ich laut: Feuer? Damit tatsächlich jemand kommt und mich erlöst von dem Blutgericht in Human Capital? Menschenauflauf! Aber nein, ich stelle mich der Aufgabe für euch und für alle! Ich werde für mein Volk der Früchte kämpfen, und am Ende wird es der Mensch sein, der untergeht! Liebste Dido! Ich muss mich der großen Aufgabe stellen. Auf bald. Aeneas". Das waren heroische Worte von einer Ananas, die sich Aeneas nannte. Manche würden es als Hybris bezeichnen. Andere würden sagen, dass Hochmut vor dem Fall kommt. Die Ananas war erst größenwahnsinnig und dann verrückt geworden. Nach zwei Tagen gab es zur Überraschung und Sorge aller keine Nachricht mehr von Aeneas.

Auf dem Weihnachtsmarkt – beim Menschen!

Auf dem Weihnachtsmarkt, der gerade mit Tannenbäumen vervollständigt wurde, fühlte Aeneas sich vorerst sicher. Zwischen den Zweigen versteckt, hielt er sich an der Tanne fest eingeklemmt. Das Gute war, dass ihn so zunächst niemand sehen konnte. Dessen war er sich gewiss. Der Nachteil war, dass Aeneas selbst aus seinem Versteck heraus ebenfalls nicht sehr viel optisch wahrnehmen konnte. Die Tatsache, dass er, obwohl er beim gefährlichen Menschen war, hier auf den ersten Blick gar keine Früchte erspähen konnte, erfreute und beruhigte Aeneas. Ganz erstaunlich war das nicht, dass keine Früchte zu sehen waren, denn zum einen war es Winter, und dies war ein Weihnachtsmarkt, und zum anderen schützten sich die

Früchte bereits seit einiger Zeit durch die Plastikfolie, so dass lange keine von ihnen mehr dem Menschen zum Opfer gefallen waren. Nachdem er sich eine Weile orientiert hatte, entdeckte Aeneas aus seinem Versteck heraus ein paar Liebesäpfel, die zum Verkauf an einer Bude angeboten wurden. Aber es musste lang her sein, dass der grausame Mensch diese Äpfel gepflückt hatte. Da waren sie nun, die armen Äpfel: aufgespießt auf Holzstäbchen, vermutlich längst tot und vertrocknet, aber überzogen mit widerlichem Karamell. Denn so gefiel es Udo Zimmermann! Das also war die Art des Menschen, um sein Weib zu werben, dachte Aeneas erschüttert. Der Mensch bot seiner Frau auf Stöcken aufgespießte tote Äpfel zum Verzehr an und erwarb sich damit ihre Gunst und Zuneigung! Aeneas kamen die Tränen über so viel Grausamkeit und fehlende Kultur. Dass er, der Magister von Fieberbaum, bereits Millionen von Äpfeln den kostenlosen Piña Coladas untergemischt hatte, fiel Aeneas jetzt nicht ein. Er betrachtete mit feuchten Augen die zehn Äpfel, die karamellisiert als so genannte Liebesäpfel dargeboten wurden. Was hatte der Mensch den harmlosen Äpfeln angetan! Welch eine Erniedrigung! Diese sinnlosen Morde durften nicht ungesühnt bleiben! Zur Traurigkeit des Aeneas kam die Wut, und sein Hass auf den Menschen wurde stärker denn je zuvor. Das Fruchtfleisch von Aeneas wurde weiß vor Zorn. „Hassen, hassen, hassen muss ich den Menschen!", rief Aeneas von Fieberbaum, „ganz blanken Hass bringe ich ihm entgegen!" Und schon näherte sich auch ihm eine dieser widerwärtigen Gestalten! Ein Klon von Udo Zimmermann kam geradewegs auf Aeneas zu, um die auf dem Boden liegende Tanne aufzuheben und aufzustellen! Aeneas zuckte. „Ei, was seh ich da!", lachte der

Mensch. „Hier auf der Tanne wächst eine Ananas! Südfrucht-Tanne, was? Mit Ananas dran! Ich glaub es nicht!" Blöd und hysterisch fing der Mensch an zu lachen und wollte gar nicht mehr damit aufhören, während Aeneas der Fruchtzucker vor Stress und Angst auslief. Der fette Mensch zog Aeneas mit seiner fleischigen Hand aus seinem Versteck in der Tanne heraus, und augenblicklich wurde er von weiteren Menschen umringt. „Guckt mal, was ich hier habe", brüllte der Mensch, während er Aeneas an seinem grünen Schopf in die Luft hielt. „'ne Ananas! Für geschenkt! Kann ich mir zum Glühwein machen!" Der furchtbare Mensch war offenbar Glühweinbudenbesitzer. Aeneas kamen erneut die Tränen. Sollte in der Tat sein letztes Stündlein so plötzlich und unerwartet geschlagen haben? Es konnte, es durfte nicht wahr sein! Welch eine unwürdige Szene! Ob ihm das gleiche Schicksal wie den Äpfeln blühte? Aeneas fragte sich, ob der Mensch ihn erst töten oder ihn bei lebendigem Leibe mit heißem klebrigem Karamell überziehen und verglühen würde. Zuckrige Tränen liefen Aeneas über das lachende Gesicht und gefroren in der Kälte. „Mann, die Ananas hat ja 'ne Macke, aber bei 'ner gefundenen kann man nicht meckern. Im Laden würde ich die zurückbringen", krakeelte der Mensch, sich einigen weiteren Exemplaren seiner unwürdigen Gattung zuwendend. Aeneas zuckte. Einen Moment lang fühlte er sich wie gelähmt. Niemals sollte sein Volk davon hören, wie der Mensch über den Magister Aeneas von Fieberbaum gesprochen hatte! Die „Macke", auf welche sich der Kerl bezog, war Aeneas' Gesicht! Wieder einmal hatte der Mensch ihn für schadhaft befunden und das Gesicht des Aeneas nicht erkannt, sondern für einen Makel gehalten. Aeneas war fassungslos, aber jetzt war er sicher, dass es sich bei diesem Typen um einen Mitarbeiter des Supermarkts handeln musste, in welchem Udo Zimmermann arbeitete: Denn der dicke Mensch in Udo Zimmermanns Supermarkt hatte Aeneas aussortiert und damals sogar als „Dreck" bezeichnet. Das musste derselbe sein! Aeneas war sicher, dass ein unglücklicher Zufall ihn ausgerechnet mit dem verbrecherischen Menschen zusammengeführt hatte, durch den Aeneas schon im Supermarkt beleidigt und weggeworfen worden war. Ein solches Missverständnis, dass das Gesicht von Aeneas nicht erkannt wurde, konnte es nur einmal geben. Davon war Aeneas überzeugt. Wenn die Menschen sich seiner Ansicht nach alle zum Verwechseln ähnlich sahen und Aeneas nur dicke und dünne voneinander unterschied, so konnten sie seiner Einschätzung nach dennoch nicht alle gleich dumm sein. Solch einen idiotischen Menschen, welcher das Gesicht des Aeneas von Fieberbaum nicht erkannte, gab es gewiss nur einmal. Der ekelhafte Mensch schien jetzt nicht mehr im Supermarkt zu arbeiten, sondern inzwischen einen Glühweinstand zu betreiben. Vielleicht war er aber trotzdem weiterhin im Supermarkt beschäftigt und verdiente mit seinen Grobheiten und seiner Dummheit dort nicht genug Geld, so dass er nebenher zusätzlich eine Glühweinbude bewirtschaften musste. Das dachte sich Aeneas. Er fror, obwohl er hinter der Scheibe des Glühweinstandes lag. Das trübe Licht bedrückte Aeneas, und er schämte sich, weil ihn alle vorbeigehenden Menschen betrachten konnten. Weil er hinter und nicht vor der Scheibe lag, war es Aeneas unmöglich zu fliehen. Der Mensch, der nicht Udo Zimmermann, sondern Thomas Seifert hieß, hatte Aeneas mit Absicht so platziert, damit ihm niemand diese frische Ananas, zu der er unverhofft gekommen war, stehlen würde.

Ein einsamer langer Abend

Am späten Abend war Thomas Seifert erleichtert, dass er endlich seinen Stand dicht machen konnte. Es war ermüdend für ihn, mit Ende fünfzig immer noch lange Arbeitstage auf Märkten zu verbringen, die gesamte Zeit dabei zu stehen und seinen Alkohol unter die Leute zu bringen, die ihre Freizeit feierten. Diese Menschen amüsierten sich, während er sich die Beine in den Bauch stand, für diese Leute da rotierte, wie er sagte – und sich trotzdem blöd anmachen lassen musste, weil die angeblich nicht schnell genug was zu Saufen bekamen. Das ganze Jahr über verkaufte Seifert Getränke auf historischen Handwerkermärkten, Stadtfesten oder anlässlich verkaufsoffener Sonntage in Fußgängerzonen. Seine Selbständigkeit ließ ihm keine andere Wahl. Der Glühweinstand in der Vorweihnachtszeit am Ende des Jahres war der finanzielle Höhepunkt, weil Seifert dort seinen höchsten Umsatz erzielte. Zugleich war es die anstrengendste Zeit des Jahres. Thomas Seifert taten die Knochen weh. Die Schulter war vom Schleppen, vom Standaufbauen und dem vielen Getränkereichen verschlissen, so dass er chronische Schmerzen hatte. Vom vielen Stehen wurden seine Krampfadern in den Beinen immer stärker. Seifert merkte, dass er nicht mehr jung war. Vor der Zukunft fürchtete er sich, weil er nicht wusste, wie lange er noch so würde arbeiten können. Jetzt aber war er froh, dass er seinen ersten Tag auf dem Weihnachtsmarkt geschafft hatte und nach Hause fahren konnte. Ach, ja, und da hatte er tatsächlich in einer Tanne eine Ananas entdeckt. Lustig! Wo die wohl herkam? Frisches Obst mitten im Winter, draußen gefunden.

Aeneas wurde nach einem langen Abend in der Kälte des Weihnachtsmarkts achtlos auf die Rückbank des Autos des Menschen geworfen. Er erlitt einige Prellungen am Fruchtfleisch und hoffte, dass die Stellen nicht matschig werden würden. Dennoch hatte Aeneas mittlerweile wieder ein wenig Hoffnung, dass doch alles für ihn gut ausgehen könnte. Der Glühweinbudenbesitzer hatte seinen Stand abgebaut und fuhr nach Hause. Aeneas lebte noch. Des Menschen Drohung, dass er sich Aeneas „zum Glühwein machen" wollte, war vielleicht nur ausgesprochen worden, um den König der Früchte einzuschüchtern. Aeneas war sicher, dass genau das der Fall war. Vermutlich wollte der Mensch ihm Angst einjagen, aber gewiss war diesem würdelosen Geschöpf klar, wen es vor sich hatte: den Magister Aeneas von Fieberbaum, den Herrscher aller Früchte. Es war schlimm genug, dass Aeneas jetzt als Geisel hilflos hinten im Auto lag, aber dieser verbrecherische Mensch würde die herrlichste aller Früchte als Verhandlungspotenzial brauchen, um die anderen Früchte mit der Bedrohung ihres Anführers zu erpressen. Aeneas überlegte sich, welche Forderungen der Mensch an das Volk der Früchte stellen würde, um dessen König wieder freizugeben. Oh, wenn Aeneas nur einen Stellvertreter bestimmt hätte, der in seiner Abwesenheit vernünftige, jetzt vielleicht für ihn lebensrettende Entscheidungen treffen dürfte! Wie sehr wünschte sich Aeneas, es gäbe irgendwo noch irgendeine gebildete Gurke, die es mit dem hinterhältigen kriminellen Menschen aufnehmen, mit ihm auf Augenhöhe verhandeln könnte und sich vom Menschen nicht unter Druck setzen lassen würde. Aber Aeneas hatte alle Gurken ausgerottet, und es gab für ihn keinen Stellvertreter. Jetzt bedauerte Aeneas, dass er es niemandem zugetraut hatte, ihn auch nur zeitweise, vorübergehend und in großen Not- oder Katastrophensituationen zu ersetzen. Am meisten aber bedauerte Aeneas sich selbst. Er hatte stets nur das Beste gewollt, er war der Beste von allen und war allein wegen seiner großen Verdienste und bemerkenswerten Persönlichkeit zur Geisel geworden. Verflucht sei der Mensch! Wie konnte die Welt so ungerecht sein!

Fieberhaft und angestrengt überlegte Aeneas von Fieberbaum, wie er sein Leben retten könnte. Nach einer Weile hatte er den Einfall, er könnte behaupten, er sei jemand ganz anderer als der, für den man ihn allem Anschein nach hielt. Es müsste jemand sein, der unbedeutender wäre als der berühmte Herr Magister Aeneas von Fieberbaum, und der deshalb für den grausamen Geiselnehmer einen geringeren Wert hätte. Aeneas beschloss, sich als Xerxes auszugeben. Das war seiner immer noch würdig, wenn auch nicht königlich. Der ungebildete stinkende Mensch würde aber vielleicht darauf hereinfallen und ihn freigeben, wenn er einsah, dass er den Falschen entführt hatte. Aeneas wurde übel vor Angst. Es ärgerte ihn außerdem, dass eine edle Frucht wie er zum Lügen genötigt wurde. Aber Aeneas sagte sich, dass es nicht zu seinem persönlichen Wohl, sondern zum Wohl seines Volkes geschah. Es ging um eine größere Sache als bloß um seine eigene Person. Seine Klugheit würde allen zu Gute kommen.

Die Ananas Aeneas hatte einige Kenntnisse in der griechischen Mythologie. Diese waren nicht fundiert, sondern es handelte sich dabei lediglich um oberflächlich angelesenes Wissen, mit dem eine Ananas noch unwissendere Früchte beeindrucken konnte. Bei der Suche nach einem schönen Namen für sich selbst war Aeneas einst auf den Herrscher Xerxes gekommen, dessen Name bedeutete: herrschend über Helden. Der Name, und vor allem seine Bedeutung, hatte Aeneas auch sehr gut gefallen. Nun konnte man sich fragen, warum Aeneas sich nicht Xerxes genannt hatte, denn die Namensbedeutung „herrschend über Helden" wäre ihm fraglos entgegengekommen und hätte seiner Ansicht nach gleichfalls sehr gut zu ihm gepasst. Der einzige Grund dafür, dass er für sich den Namen Aeneas gewählt hatte, war der gewesen, dass „Aeneas" mit dem Buchstaben „A" begann. Dazu kam, dass Aeneas dem Wort Ananas ähnlicher war als Xerxes. Unbestreitbar sah Aeneas einer Ananas sehr ähnlich. Immerhin setzte sich der Name Aeneas in seinem griechischen Ursprung zusammen aus „loben" und „gefürchtet". Der griechische Geschichtsschreiber Herodot berichtete über den Großkönig und Feldherrn Xerxes, der vom Ufer des Hellesponts nach Europa übersetzen wollte und dazu von seinen Leuten eine Brücke aus Flachs und Papyrus bauen ließ, welche den stürmischen Wellen nicht standhalten konnte. Das Meer zerstörte diese Brücke. Aus diesem Grund ließ der wütende Xerxes das Meer von 300 Soldaten auspeitschen – zur Strafe dafür, dass es zuvor die von seinen Männern gebaute Brücke zerstört hatte. Ein solches Verhalten imponierte Aeneas von Fieberbaum. Er hätte es genauso getan. Aeneas war nicht Xerxes, aber was Mut und Gerechtigkeitsempfinden betraf, so fand Aeneas, waren sie sich beide sehr ähnlich. Xerxes hätte ihm das Wasser reichen können, dachte sich Aeneas, und musste innerlich plötzlich ein wenig lachen. Xerxes hätte dem Herrn Magister Aeneas von Fieberbaum sein frisch ausgepeitschtes Meerwasser anbieten können. Das wäre gewiss sehr aromatisch gewesen, fantasierte Aeneas. Sogleich stellte er sich wieder schönere, stolzere Situationen für sich vor, die ganz anders waren als diese erbärmliche Lage, in welcher er sich gerade befand. Der edle Aeneas im Gespräch mit dem fast ebenbürtigen edlen Xerxes. Es würden wieder solche Zeiten für ihn kommen! Auch fiel Aeneas die Verliebtheit des Xerxes in eine Platane ein, welcher der ein Lied sang. Solch ein Verhalten schien Aeneas sehr sympathisch und realistisch, und mit Wehmut musste er an seine eigene Frau Dido, den geliebten Automaten, denken. Ob er sie jemals wiedersehen würde?

Eine wahre Qual wäre es für Aeneas gewesen, sich nicht als er selbst ausgeben zu dürfen, wenn Xerxes, dessen Identität er nun anzunehmen bereit war, ihm nicht nahezu ebenbürtig gewesen wäre. Dennoch fühlte sich Aeneas, als sei er voll mit Fliegen, weil er sich vor dem Menschen und für diesen Menschen Udo Zimmermann verbiegen und unaufrichtig verhalten musste. Aber es war überlebensnotwendig. Es ging kein Weg daran vorbei, die Identität zu wechseln. Wenn der verfluchte Mensch dächte, er hätte gar nicht den Richtigen entführt – eben den Aeneas von Fieberbaum, Herrscher aller Früchte –, würde alles einfacher werden. Die Haftbedingungen würden möglicherweise erleichtert, die geforderte Lösegeldsumme wohl erheblich geringer, wenn der Mensch einem dem großen Herrscher Aeneas sehr ähnlichen, aber eben nicht den Aeneas, sondern den Xerxes gefangen hätte. Es war beschlossene Sache: Sobald der Mensch ihn anspräche, würde Aeneas sich als Xerxes vorstellen. Aeneas fühlte sich nach diesem Entschluss ein wenig unbeschwerter als zuvor.

Toast Hawaii

Seifert, der vermeintliche Udo Zimmermann, hielt den Wagen vor seinem Haus an. Es war wirklich ein Ärger, dass ihn seine Frau im Sommer verlassen hatte. Jetzt wusste Seifert, dass es im Haus kalt sein würde, weil niemand ihn erwartete und es ihm zu teuer war, die Zimmer tagsüber warm zu halten, wenn er erst am späten Abend zurückkehrte und das Gebäude tagsüber leer stand. Seifert beschloss, sich eine Kleinigkeit zu essen zu bereiten und sich nach der Mahlzeit direkt ins Bett zu legen. Dann wäre die Kälte egal, weil er bald einschlafen würde. Überhaupt wäre alles egal, denn am kommenden Morgen müsste er wieder früh raus, um erneut den ganzen Tag auf dem Weihnachtsmarkt zu stehen. Nur dass er jetzt Hunger hatte, war Thomas Seifert nicht egal. Eine Tüte gebrannter Mandeln hatte er sich vom Weihnachtsmarkt zum Essen mitgebracht. Diese vertilgte er sofort, aber der Hunger war nicht geringer als zuvor. Mal sehen, was er sonst noch verschlingen könnte, um satt zu werden. Viel hatte er nicht eingekauft, denn seit er allein war, aß er meist schnell eine fertige Mahlzeit beim Imbiss und außer Haus. Seit seine Frau weg war, hatte er fünfzehn Kilo zugenommen. Andere magerten nach Trennungen vor Gram und Appetitlosigkeit ab, Seifert fraß. Heute hatte er keine Lust mehr gehabt, auf dem Weihnachtsmarkt nach dem Ende der Arbeit ein oder zwei Rostbratwürste in sich hineinzustopfen. Der Tag dort war lang genug gewesen. Seifert ging zum Kühlschrank, um nach Essbarem zu suchen. Er fand einen Rest gekochten Schinken, ein paar abgepackte Scheiben Schmelzkäse und eine angebrochene Packung Diät-Margarine. Thomas Seifert kaufte Diät-Margarine, weil er dachte, dass er wenigstens beim Brotaufstrich ein paar Kalorien sparen könnte. Käse, Schinken, Diät-Margarine. Das war alles. Mehr gab der Kühlschrank nicht her. Ach, ja, und eine Packung Toast hatte er noch. Da fiel Seifert ein, dass er doch die Ananas gefunden hatte. Damit hatte er alle Zutaten für einen Toast Hawaii! Was für eine gute Idee! Einen Toast Hawaii hatte er zum letzten Mal vor Jahren in einer Eisdiele gegessen. Seifert war hungrig. Eine fertige Dosen-Ananas wäre ihm für sein Abendessen lieber gewesen, aber die frische würde ihm für mindestens acht Toast Hawaii reichen. Das machte zwar Arbeit, weil er die frische Ananas würde schneiden müssen, aber Seifert hatte jetzt wirklich Lust auf Toast Hawaii. Er ging zurück zu seinem Auto und holte Aeneas heraus. Diese gefundene Ananas war jetzt ein Segen, sagte sich Seifert. Die Zubereitungszeit für Toast Hawaii betrug nur zehn Minuten. „Echt lecker!" und „Ich freu mich drauf", rief Seifert aus. Seit er allein lebte, hatte er es sich angewöhnt, mit sich selbst zu sprechen.

Aeneas war zunächst darüber erleichtert, dass er nicht mehr im kalten dunklen Auto lag. Er war eine Südfrucht und schätzte die Kälte überhaupt nicht. Hier bei Licht, in der geschützten Küche des Menschen, musste er wenigstens nicht frieren. Einigermaßen anständig, dass der Mensch ihn hineingeholt hatte, bis er ihn freilassen würde. Im Auto hätte Aeneas es bei der winterlichen Temperatur nicht mehr lange ausgehalten. Aber der Mensch war sein Feind. Aeneas beobachtete den fetten Menschen misstrauisch. Jetzt wollte der wohl bald fressen, denn er stellte seinen Backofen an, um diesen vorzuheizen. Der Feind röstete sich große Mengen Brot. Kein Wunder, dass der Kerl so fett war: Aeneas zählte acht Scheiben weißen Brots. Diesen Toast bestrich der Mensch mit einer Art Fett, dann holte er ein großes Blech aus einer Schublade hervor, auf welchem er die acht gerösteten und mit Fett bestrichenen Scheiben platzierte. Jetzt belegte er jede einzelne davon sorgfältig mit jeweils einem gammlig aussehenden Stück dünn geschnittenen rosa Fleischs, das er aus einer Plastikverpackung zog. Plötzlich holte der Mensch aus einer Schublade ein Messer mit einer langen, glänzenden Klinge hervor. Nein! Oh, nein! Der Mensch näherte sich Aeneas und schlug ihm brutal mit einem einzigen Schnitt die Haare ab. Die schönen grünen Haare, auf die Aeneas so stolz gewesen war! Ab! Nach einem harten Schlag! Schande! Schande! Ein schändliches Verbrechen war begangen worden! Aeneas wurde fast besinnungslos. Dann schrie er vor Wut und Schmerz so laut er nur konnte. Der Mensch schien ihn nicht zu hören. „Hilfe!", brüllte Aeneas. „Gnade!", winselte er. „Ich gebe Ihnen Dido, Herr Udo Zimmermann! Alles, was Sie nur wollen!", sagte Aeneas mit letzter Kraft. Sein ganzes Reich und sogar seinen eigenen Namen hätte Aeneas dafür gegeben, wenn der Mensch nur von ihm abgelassen hätte. Völlig unbeeindruckt und gleichgültig machte der fette Mensch sich mit seinem Messer an Aeneas zu schaffen. Ohne Zögern zerschnitt der Mensch die hoheitliche Frucht in acht gleich große Scheiben, von denen er jeweils eine auf einem Stück Toast platzierte, auf welchem sich bereits ein Stück lappigen Fleischs befand. Als er damit fertig war, legte er auf jedes der Stücke des tranchierten Aeneas eine Scheibe seines billigen Schmelzkäses. Aeneas verschwand, in Scheiben zerlegt, auf acht Portionen Toast Hawaii – eingeklemmt zwischen einer Scheibe Schinken und einer Scheibe Billigkäse. Er wurde einfach mit all dem in den Backofen geschoben. Einen Moment lang war Aeneas zuerst überrascht und dann entsetzlich erschrocken. Er sollte wirklich sterben? Er war schon zerschnitten, aber er lebte doch noch. Aeneas hatte gedacht, dass er ewig bleiben dürfte, und auf Grund seiner hohen Bedeutung unsterblich wäre. Bitte nicht töten! Bitte nicht! An der ABAK-Universität könnten Spezialisten ihn mit feinen Fingern operieren, wieder richtig zusammennähen. Es gab dort seit einiger Zeit zwei Mirabellen, die eine chirurgische Abteilung führten und viele Früchte nach den gefährlichsten Unfällen wieder so sorgfältig geflickt hatten, dass die Nähte wie natürlich gewachsen aussahen! Aeneas hoffte, dass er vielleicht sogar von ganz allein wieder richtig zusammenwachsen würde. Die Wunden wären furchtbar, aber sie würden verheilen. Nur leben wollte er! Er musste es sogar, denn was wäre sein Volk ohne ihn? Aeneas versuchte zu schreien, aber die heiße Luft verschlug ihm den Atem. Sofort schmolz der Käse, um eklig an Aeneas zu kleben. Ob der Abschied vom Leben immer so wenig herzlich sein musste? Aeneas würde es niemals erfahren, denn jeder konnte nur einmal sterben. Kein Atmen mehr, die Hitze war sein Tod. Das war das schmachvolle, banale Ende der Ananas, genannt Magister Aeneas von Fieberbaum. Wenn es – wie bei den Menschen – eine Todesanzeige für Aeneas gegeben hätte, wäre in dieser vermerkt gewesen: „Er starb mit einem Lächeln im Gesicht." Das wäre nichts als die Wahrheit gewesen, denn in der Ananas war bis zu deren Ende das Lachen eingebrannt. Es war das Gesicht, welches Aeneas sich selbst geschaffen hatte.

So war die Ananas verendet, und es verlor sich ihre Spur, als hätte es sie nie gegeben. Aeneas' letzter Gedanke hatte seinem Volk gegolten, das ihn so geliebt hatte. Als Feldherr hatte Aeneas sich in seinem Größenwahn überschätzt. Für den Menschen war der König der Früchte nichts weiter als eine schadhafte Ananas, die, kaum dass der Mensch seinen Hunger damit gestillt hatte, längst vergessen war. Aeneas hätte den Kampf gegen den Menschen nicht wagen sollen.

Ratlosigkeit im Land der Früchte?

Es gab keinen Plan, wie es bei den Früchten ohne Aeneas weitergehen könnte. Die meisten Früchte hätten sich vollkommen kopflos gefühlt, wenn sie erfahren hätten, dass sogar von Aeneas' engsten Vertrauten keiner eine ansatzweise Ahnung davon hatte, wann und ob überhaupt Magister Aeneas von Fieberbaum zurückkehren werde. Major Karotte, militärisch der erste Mann im Staat, entschied, dass kein Machtvakuum entstehen dürfe. Der spurlose Verlust des Herrschers musste so lange wie möglich vertuscht werden. Eine Zeit lang schickte der Automat Dido, die letzte Ehefrau des Aeneas, als offizielle Information dreimal täglich an das Volk die Botschaft: „Unser lieber König Herr Magister Aeneas von Fieberbaum wurde auf unbestimmte Zeit interniert. Das Militär bereitet eine Befreiungsaktion vor." Eine Weile ließ sich das Frucht-Volk damit beschwichtigen, aber es dauerte nicht sehr lange, bis die Leute unruhig wurden. Dido proklamierte: „Mit allen Einsatzkräften wird überall nach Aeneas gesucht!" Aber Major Karotte hegte einen Verdacht, den er niemals laut geäußert hätte: Nachdem es über Wochen keine Nachricht von Aeneas gegeben hatte, befürchtete der Major, dass der Herrscher vom menschlichen Feind vertilgt worden und als Teil dessen Auswurfs in der Kanalisation gelandet war. Major Karotte war ein Realist. Nur den ahnungslosen Untertanen konnte er solch eine Vermutung nicht präsentieren. Ein paar hysterische Litschis würden ihn für eine solche Behauptung aus Hunderter-Gruppen heraus angreifen und ihn mit dem Tod bedrohen, und deshalb hielt Major Karotte sich mit Äußerungen zum Verbleib des Aeneas vorerst zurück. Bald begann der Geheimdienst, Unruhen zu befürchten, weil einige Früchte, die keine Soldaten waren, sich in der Öffentlichkeit wichtigtaten. Es entstand das Gerücht, ein paar Kartoffeln wollten die instabile herrscherlose Situation dazu nutzen, um einen Umsturz der bestehenden Ordnung durchzusetzen. Möglicherweise war das nichts weiter als ein Gerücht, aber das Volk der Früchte wurde nervös und die insgesamt bisher friedliche Stimmung drohte zu kippen, denn vor einer Herrschaft grober, dummer und gewalttätiger Kartoffeln fürchteten sich viele Früchte. An einen Willkürstaat waren alle gewöhnt, aber die meisten wollten sich dennoch nicht von rohen Kartoffeln regieren lassen. So entschloss sich Major Karotte schnell zu einer neuen Strategie: Er ließ verbreiten, Aeneas sei tot. Im Kampf gegen den Menschen sei er ehrenvoll gefallen. Es wurde eine heroische Geschichte ersonnen, mit der sich erklären ließ, warum die Leiche des Aeneas nicht präsentiert werden konnte. Angeblich habe Aeneas sich nach seinem Tod mit einer an der ABAK-Universität eigens für ihn entwickelten Tablette selbst kompostiert, um sich nicht dem Menschen zu überlassen. Das schien allen plausibel, dass der mächtige Aeneas sich niemals als Leiche vom Menschen als totes Beutestück hätte ausstellen lassen. Die Dekanin der Hochschule, eine dicke Pampelmuse, bestätigte öffentlich, dass der große Magister Aeneas von Fieberbaum vorausschauend gehandelt und an der ABAK-Universität eine Selbstkompostiertablette habe entwickeln lassen. Einigen Erwählten zeigte Major Karotte im kleinen Kreis ein gefundenes Pfefferminzbonbon, das er als Prototyp dieser Tablette vorstellte. Gleichzeitig witterte Major Karotte seine eigene Chance in dieser großen Stunde. Wenn das Militär – mit seinem Major an der Spitze – nicht jetzt putschen sollte, wann dann?

Die Trauer um Aeneas war nur von kurzer Dauer

Major Karotte war als engster Vertrauter des Aeneas plötzlich der selbst ernannte Herrscher. Um das zu verdeutlichen, hatte er zusammen mit seinen Soldaten den Herrensitz des Aeneas erst besetzt und anschließend beschlagnahmt. Das schien allen sehr nahe liegend, und die Rechtmäßigkeit der Nachfolge wurde höchstens von einigen Kartoffeln, die selbst gern das Sagen gehabt hätten, heimlich in Frage gestellt. Aber die Selbstverständlichkeit und natürliche Autorität, mit welcher Major Karotte die Macht übernahm, beeindruckte sogar die Kartoffeln so stark, dass sie bloß hinter der vorgehaltenen schmutzigen Hand darüber zu hetzen wagten. Major Karotte war ein Macher, aber kein guter Redner. „Es ist wahrhaftig ein Trauerspiel, dass unser lieber Herr Magister Aeneas von Fieberbaum nicht mehr unter uns ist", erklärte Major Karotte unbeholfen, aber bestimmt und laut im Frucht-TV. Zu Ehren des gefallenen Aeneas verordnete Major Karotte eine Woche Staatstrauer. Mehr als bereitwillig leisteten die Früchte der Verordnung Folge. Das geschah nicht allein deshalb, weil Major Karotte über die Unterstützung seiner Soldaten verfügte, sondern auch weil es dem Volk der Früchte ein Bedürfnis war, endlich wieder kollektiv etwas tun zu dürfen – und sei es nur das gemeinsame Trauern um den verlorenen Herrscher. An allen Theatern wurden Trauerspiele inszeniert. Auf einem leeren Feld, welches sonst zu Aufmärschen genutzt wurde und deshalb das Feld der Ähre hieß, ließ Major Karotte einen leeren Sarg aufstellen. Ganz leer war dieser Sarg, bei dem es sich um einen offenen Schuhkarton ohne Deckel handelte, nicht: Als Erinnerung an Aeneas hatte der Major entschieden, in den Sarg einen Splitter von Aeneas' edelster Holzkiste hineinzulegen, der die fehlende Leiche des Herrn Magister Aeneas von Fieberbaum ersetzen sollte. Natürlich hätte Major Karotte als Sarg ebenso gut die Holzkiste des Aeneas bereitstellen können, aber diese hochwertige Kiste hatte er bereits für sich selbst requiriert und deshalb nur den Holzsplitter als Andenken an den früheren Herrscher entbehren können. Alle Früchte waren verpflichtet, an diesem leeren Sarg zu defilieren und der kontrollierenden Erbse ihre Identitätskarten vorzulegen, damit sie diese registrieren könne. „Jeder, der nicht innerhalb der nächsten 24 Stunden unserem lieben verstorbenen Herrscher Magister Aeneas von Fieberbaum die letzte Ehre erwiesen hat, wird verhaftet", schrie Major Karotte durch ein Megaphon. 25 Stunden später kamen die Soldaten mit drei festgenommenen gefesselten Kirschen zurück, welche die Aktion verschlafen hatten. Sie versuchten sich tatsächlich damit herauszureden, dass sie geschlafen und von der wichtigen Pflicht nichts erfahren hätten. Schlimm genug, wenn solche Leute in so furchtbaren Zeiten überhaupt schlafen könnten, aber das wollte Major Karotte mit denen gar nicht erst diskutieren. Mit diesen Kirschen würde er einen kurzen Prozess machen! „Unwissenheit schützt vor Strafe nicht", stellte Major Karotte sachlich fest. Und wie er es so oft von Aeneas gehört hatte, fügte er zur Erklärung hinzu: „Ich bin zwar streng, aber gerecht." Deshalb ließ er die drei Kirschen standrechtlich erschießen, um ein Exempel zu statuieren. Major Karotte begrüßte die gute Gelegenheit, damit klar zu machen, wer jetzt das Sagen hatte – und dass das Nichtbefolgen von Anordnungen teuer bezahlt werden musste. Im Fall der drei Kirschen eben mit deren Leben. Die drei von den Kirschen übrig gebliebenen harten, teilweise zersplitterten Kerne mussten zwei Soldaten der zerschossenen Matsche entnehmen. Major Karotte positionierte die drei Kirschkerne, an denen er absichtlich und aus Grausamkeit einen Rest des Fruchtfleisches hatte kleben lassen, zur Abschreckung vor dem leeren Sarg. Jetzt sollte endlich Ruhe einkehren. Major Karotte hatte sich bewährt und würde als neuer Herrscher bestehen können. Am folgenden Tag gab Major Karotte seine Hochzeit mit der schönen Dido, der Witwe des Aeneas, bekannt. Am Nachmittag vor der Hochzeit hatte er den Automaten Dido an der ABAK-Universität auf Liebe und Treue zu Karotten statt Ananas umprogrammieren lassen. An Dido lag ihm nichts, aber die vom Vorgänger übernommene Ehefrau sollte sich jetzt zu Major Karotte bekennen. Es war nicht leicht gewesen, noch einen lebenden Programmierer zu finden, der den Automaten einigermaßen verstand und bedienen konnte. Major Karotte beschloss, der psychopathischen Geheimnistuerei seines Vorgängers nicht nachzueifern, und den Lauch, obwohl der jetzt Geheimnisträger war, am Leben zu lassen. Er würde ihn vielleicht ein zweites Mal brauchen, diesen albernen programmierenden Lauch, und Major Karotte war es egal, was irgendein dämlicher Lauch über ihn dachte. Wenn der frech würde oder über ihn herzöge, würde er sogleich standrechtlich erschossen. Dass Dido äußerlich eine zarte Ananas war, störte Major Karotte überhaupt nicht. Wichtig war, dass er über eine vom Volk anerkannte Gefährtin verfügte, die ihm ergeben war. Für Herrscher war es wichtig, einen festen Ehepartner zu haben, weil sie damit dem Volk ihre Ernsthaftigkeit und ihre Zuverlässigkeit bewiesen. Selbst die Früchte wollten es so. Dido ließ der Tod des ersten und die schnelle Hochzeit mit dem zweiten Ehemann vollkommen kalt. Sie war bloß ein Automat und konnte sich aus eigenem Ermessen weder freuen noch traurig sein. Das war erfreulich für Major Karotte. Wichtig war, dass der Automat in festen Händen war. Als rechtmäßiger Nachfolger des großen Aeneas von Fieberbaum hatte Major Karotte einen Anspruch auf Dido.

„Glücklich ist, wer vergisst, was doch nicht zu ändern ist"

„Glücklich ist, wer vergisst, was doch nicht zu ändern ist" – diese Weisheit aus der Operette „Die Fledermaus" ließ Major Karotte groß und bunt auf Transparente schreiben und an allen öffentlichen Plätzen aufhängen, damit die Botschaft möglichst weite Verbreitung fände. Obwohl das Zitat aus der Operette noch von seinem Vorgänger Aeneas recherchiert und aufgegriffen worden war, fand Major Karotte es angebracht, damit sein Frucht-Volk auf den neuen Herrscher einzuschwören. Den Hinweis auf das Zitat hatte Major Karotte im Nachlass des Aeneas – dessen Zettelkasten – gefunden. Als Nachfolger des Aeneas hatte er unter anderem auch dessen Zettelkasten beschlagnahmt. Major Karotte wusste nicht genau, was Aeneas mit diesem Kasten, der mit vollgeschriebenen Zetteln gefüllt war, hatte anfangen wollen, aber mit seinen klugen Gedanken hatte Magister Aeneas von Fieberbaum lange Jahre gut regiert. „Glücklich ist, wer vergisst, was doch nicht zu ändern ist" – mit dieser Idee konnte Major Karotte sich nicht nur anfreunden, sondern das war mit Blick auf die Vergangenheit eine Botschaft, die er jedem Einzelnen aus dem nun von ihm zu beherrschenden Frucht-Volk mit auf den Lebensweg geben wollte. Major Karotte, nicht der Magister Aeneas von Fieberbaum, regierte jetzt. Vereinfacht und weniger poetisch gesagt: „Es ist alles richtig so, wie es ist." Ganz banal sprach Major Karotte, denn er sah sich als Soldat und nicht als Dichter. Weil er von Bildung wenig hielt und Gebildete im Geheimen als elitäre Angeber verachtete, machte Major Karotte aus seiner Unbildung kein Geheimnis. Bloß das Kämpfen war wichtig, und Major Karotte fühlte stolz den spitzen Cocktail-Picker aus Edelstahl in seiner Hand! Was wäre ein Mann wie er ohne seine Edelstahl-Waffe! Eine Zeit lang würde Major Karotte sich weiter aus dem Zettelkasten des Magister Aeneas von Fieberbaum bedienen können und so eine glatte ideologische Übergangsphase zwischen sich und Aeneas schaffen. Major Karotte dachte sich, dass es sehr praktisch war, dass er einen solchen Kasten voll mit Denkzetteln geerbt hatte. Bei Bedarf brauchte er nur hineinzugreifen, um unmittelbar eine gute Idee zu finden. Unter seiner neuen Leitung würde alles geordnet weitergehen. Auf großes Getue legte Major Karotte keinen Wert. „Schaffen und Streben, das ist das Leben", so sprach ein Zettel aus dem Zettelkasten des Aeneas von Fieberbaum den Karotten-Major an. Aber beim harten Arbeiten allein musste es nicht bleiben. Es sollte wieder gelacht und gefeiert werden, denn der Major wollte gern, dass das Volk motiviert, zupackend und fröhlich war. Major Karotte war zwar Soldat, aber sicher kein Kind von Traurigkeit. „Tanzt! Tanzt! Tanzt den Firlefanz!", brüllten die Kartoffeln und stampften laut dazu. „Jubelfeier! Jubelfeuer!", schrien die Karotten, und die meisten freuten sich darüber, dass sie Soldaten waren. Denn gar so gern sangen sie die Soldatenlieder, die Major Karotte sie gelehrt hatte:

> Ach, die Sonne brennt so sehr
> und das Fläschchen ist schon leer
> doch wir haben frischen Mut
> trotz der heißen Sonnenglut
> Schau, da kommt ein kühler Wald
> der Herr Hauptmann, der ruft „Halt!
> Legt ab den Tornister schwer
> setzt zusammen die Gewehr!

Den Früchten war nicht bekannt, dass dies Lieder des Menschen waren. Sie glaubten, der geliebte tote König Magister Aeneas von Fieberbaum habe die vielen Strophen für seine Armee gedichtet, und sogar Major Karotte war davon überzeugt. Aeneas hatte verschwiegen, dass er den Text in einem gefundenen Armee-Liederbuch des Menschen für dessen Infanterie-Regiment entdeckt und sowohl für schön als auch für tauglich befunden hatte. Die gemeinen Frucht-Soldaten besaßen an Stelle der besungenen Gewehre nur Bambus-Zahnstocher, denn der Edelstahl-Cocktail-Picker war allein Major Karotte vorbehalten. Dieser gab sich als Friedensfreund: „Friede, Freude, Feierkuchen – alles für das Volk der herrlichen Früchte!", versprach Major Karotte und dachte sich dabei: Vorerst durften die sich entspannen. Das dicke Ende würde später kommen, aber der Major brauchte ein bisschen Zeit. Zunächst einmal waren alle recht zufrieden, vor allem weil es zur Stärkung regelmäßig kostenlosen Karottenkuchen aus geriebenen Regimekritikern, Wehrdienstverweigerern und fahnenflüchtigen Soldaten gab und demzufolge auch unter der neuen Führung niemand Hunger leiden musste. Anders als Aeneas war Major Karotte nicht eitel und deshalb von seiner eigenen Persönlichkeit nicht ausreichend begeistert. Auch fand er an seiner Ehefrau Dido keine große Freude. Zum einen war die blasse Ananas nur ein toter Automat, den Major Karotte zweckgebunden nutzte, aber in welchen er – anders als Aeneas – nicht verliebt war. Zum anderen verhielt es sich mit dem Automaten Dido aus Sicht des Majors wie mit einem auf die Erde gefallenen Bonbon: Eigentlich ist damit alles in Ordnung, es gibt nichts daran auszusetzen, aber dennoch möchte keiner, der weiß, dass es schon auf dem Boden gelegen hat, es noch essen. In einen gebrauchten Panzer hätte Major Karotte sich ebenso wenig setzen wollen wie er eine getragene Uniform angezogen hätte. Alles, wofür er nicht gekämpft hatte, wollte der Major eigentlich nicht haben. Der Automat Dido war die vom Frucht-Volk verehrte Königin. Dem Major aber war langweilig. Da er nicht eitel wie Aeneas war, sah er sich weder als einzigartig noch als erwählt. Er hatte die Macht im Staat bloß übernommen. Nicht im Traum wäre es ihm eingefallen, sich dafür, dass er eine Karotte war, als außergewöhnlich und erlesen zu feiern. Weil er keinen Kult um seine Person schaffen wollte, reichte es ihm nicht aus, dass er nur Herrscher war. Major Karotte war derart frei von Eitelkeit, dass er sogar über den Spottnamen Marotte, den ihm seine Soldaten gegeben hatten, lachen konnte. Marotte war unter den Soldaten als Kurzzusammenfassung des Anfangs von Major und des Endes von Karotte entstanden. Wie viel Zeit hatte der Herr Magister Aeneas von Fieberbaum damit verbracht, wie viele Ressourcen hatte der verstorbene Herrscher mobilisiert, um diejenigen zu verfolgen, die ihn heimlich Andreas genannt hatten. Und Major Karotte, die wichtigste Frucht im Staat, ließ sich von den frechen jungen Leuten respektlos Marotte rufen und lachte dazu, als sei es ein Ehrentitel. Der Karottenmajor gab sich nicht mit Kleinigkeiten ab. Er hatte Lust auf mehr und überlegte sich, dass er bald einen Krieg führen würde. Während Major Karotte dafür sorgte, dass ihm das Volk gewogen und ergeben war, bereitete er einen lustigen Krieg vor, weil er gern kämpfen und schlachten wollte, denn es würde ihm sonst viel zu langweilig. Gegen wen, das konnte er noch nicht festlegen. Mal schauen, gegen wen es gehen würde – den Menschen oder die Tiere? Oder würde Major Karotte erst einmal üben, indem er unter seinem eigenen Frucht-Volk einen kleinen Krieg gegen eine bestimmte Volksgruppe anzettelte? Vielleicht einen Krieg gegen die Kartoffeln, die langfristig zu Gegnern werden könnten? Es hatte immer schon geheißen, dass kein Pfahlwurzler einer Kartoffel trauen sollte. Seit einigen

Wochen ging das hartnäckige Gerücht um, dass Kartoffel-Agenten in geheimen Labors die gefährliche Möhrenfliege züchteten, um Karotten auszurotten. Bisher hatte selbst der Geheimdienst solche Labore nicht ausfindig machen können. Aber den Kartoffeln war alles zuzutrauen. Major Karotte würde sich etwas überlegen. Allein bei dem Gedanken, dass eine Kartoffel ihm nach dem Leben trachten könnte, erhöhte sich sein Nitratgehalt vor Zorn auf das Doppelte. Ein Krieg war keine schlechte Idee, und langweilig wäre es dann auch endlich nicht mehr!

So hat jeder Herrscher eine persönliche kleine Leidenschaft, für die er brennt und gern etwas opfern möchte. Und sei dies nur das bedeutungslose bunte Volk der Früchte.

Quellen/Literaturangaben

- Lied: Ananas aus Caracas, Text/Musik: Hans Bradke, Erwin Halletz
- Soldatenlied: Ach die Sonne brennt so sehr (auf dem Marsche); Text: Lorenz; Musik: Wiegers, in „Deutsches Armee Liederbuch – Liederbuch Infanterie-Regiment (ca. 1914) – Weltkriegs-Liedersammlung (1926)"
- Wikipedia

Zur Autorin

Petra Fastermann wurde 1966 in Oberhausen geboren und lebt jetzt in Krefeld.

Sie hat bereits einige Belletristik-Bücher veröffentlicht. Außerdem ist sie Autorin verschiedener technischer Fachbücher.